ullstein

Das Buch
Haben Sie sich je gefragt, wie teuer Homers Odyssee heute wäre? Schon mal darüber nachgedacht, ob in Gefängnissen Fluchtwegpläne hängen? Wussten Sie, dass Blasentee seinen größten Boom erst unter seiner englischen Bezeichnung »Bubble-Tea« erlebte? Bücher mit nützlichem und unnützem Wissen gibt es wie Sand am Meer. Was die Welt jetzt braucht, sind erfundene Wahr- und Weisheiten zwischen Realität und dem letzten Kaffee vor der Autobahn.

»Der lustigste Mensch im deutschsprachigen Internet.«
Schlecky Silberstein

»Ich poste jetzt so lange Videos von Friedemann Weise,
bis er endlich der Star ist, der er gefälligst zu sein hat.«
Jan Böhmermann

»Mit seinen eckigen Bewegungen erinnert Friedemann Weise an Herbert Knebel, sein irrlichternder Witz hat was von Helge Schneider.«
Westdeutsche Allgemeine Zeitung

Der Autor
Friedemann Weise erzählt skurrile Witze und absurde Geschichten, singt komische Lieder zu drei Akkorden und zeigt lustige Bilder auf einer fast zwei Meter breiten Leinwand, die er von U2 geklaut hat. Müsste man einen Abend mit ihm ohne Verben beschreiben, dann am besten so: Anarchohumor mit funny bones aus Köln. Seit er für die heute-show und extra 3 schreibt, nennt sich der selbsternannte »King of Understatement« auch noch Autor.

Friedemann Weise

DIE WELT AUS DER SICHT VON SCHRÄG HINTEN

PREMIUM QUATSCH

Ullstein

Besuchen Sie uns im Internet:
www.ullstein-taschenbuch.de

MIX
Papier aus verantwortungsvollen Quellen
FSC® C083411
FSC www.fsc.org

Originalausgabe im Ullstein Taschenbuch
1. Auflage Oktober 2016

Umschlaggestaltung: ZERO Media GmbH, München
Titelabbildung: Friedemann Weise, privat
Satz: Friedemann Weise, inbeige
Gesetzt aus der Minion Pro
Druck und Bindearbeiten: CPI books GmbH, Leck
Printed in Germany
ISBN 978-3-548-37661-5

INHALT

Gewidmet Jack Fraupant ...

... dem größten Seitenschinder aller Zeiten.

VORWORT ODER: LIEBE LESERIN, LIEBER LESER,

nur zwanzig Prozent aller gekauften Bücher werden tatsächlich gelesen. Diese verstörende Zahl habe ich aus einem Dieter-Nuhr-Buch, das ich nicht gelesen habe. Die Mehrheit der Bücher sind also nichts anderes als Deko mit Preisbindung und reduzierter Mehrwertsteuer.

Das Komische: Sogar E-Books werden viel häufiger gekauft als gelesen. Warum das denn? Zeigen Menschen heute den Nachbarn im Kaminzimmer ihre E-Book-Sammlung? Wollen sie durch den Kauf ihrem digitalen Fußabdruck einen intellektuellen Anstrich geben?

Keine Ahnung. Aber Ihnen, liebe Leserin, lieber Leser, kann das ja herzlich egal sein, denn Sie gehören offenbar zu der kleinen verschworenen Gemeinde von Bücher-wirklich-Lesern. Oder Sie sind meine Mutter. Oder beides.

Der Grund, warum Menschen wenig beziehungsweise selten lesen, ist bei den meisten wohl ein Trauma aus den achtziger Jahren. Ob an Hauswänden, auf Schultischen oder in Baumrinden, überall sprang einem damals der immer gleiche Satz entgegen: »Wer das liest, ist doof.« Mit dieser Warnung im Nacken überlegt man sich natürlich zweimal, ob man etwas liest oder doch lieber netflixt und chillt. Ich selbst bin so oft auf den Spruch reingefallen, dass ich mit sieben Jahren plötzlich fest davon überzeugt war, doof zu sein. Ich weiß es noch genau. Es war ein schwüler Mittwoch im August, als ich mich angesichts dieser Erkenntnis für eine Karriere in der Unterhaltungsindustrie entschloss. Bis ich fünfzehn wurde, als Fußballer, danach als Schlagzeuger; beides Berufe, in denen man auch doof reich werden kann. Verstehen Sie mich bitte nicht falsch, es gibt natürlich auch Fußballer und Schlagzeuger, die nicht reich werden.

»Schlagzeuger werden immer gebraucht«, sagte meine Oma einmal zu mir. Allerdings war sie da schon etwas dement. In Wirklichkeit meinte sie natürlich Bassisten. Ihre Demenz befähigte sie zu lustig verdrehten Sinnsprüchen. *»Träume nicht dein Leben, sondern lebe, um zu arbeiten«* oder *»Jeder Tag ist ein verlorener Tag«* waren nur zwei der Sätze, die mir im Gedächtnis geblieben sind.

Ich glaube, diese tiefergelegten Weisheiten (oder »Redewindungen«, wie ich sie nannte) haben meine Liebe zur Sprache entfacht. Ja, ich weiß, es klingt traurig, aber ich habe Freude an Sprache. Ich spiele lieber alleine mit ihr als Doppelkopf mit Freunden. Manchmal lasse ich zum Beispiel einfach ein Wort weg und gucke, was. Oder ich erfinde eine neue Vokabel und frage mich, ob sie kirbt oder fleudiert. Oder ich setzte die drei Wörter »Harry Potter und« vor den Titel von

Thomas de Maizières Doktorarbeit und freue mich über das Ergebnis: *»Harry Potter und die Praxis der informellen Verfahren beim Bundeskartellamt«*.

Eine französische Anhalterin hat mir auf einer englischen Autobahnraststätte in Italien mal einen Zettel in die Hand gedrückt. Darauf stand:

»Gibt Dir das Leben ein paar Wörter,
mach' einen Satz daraus.
Gibt dir das Leben ein paar Sätze,
vergiss nicht zu speichern.«

Und genau so ist dieses Buch entstanden. Ich habe Sätze erfunden und für Sie gespeichert. Viele dieser Sätze passen sogar in eine einzige Zeile, was Ihnen das komplizierte »Zwischen-den-Zeilen-Lesen« erspart.

Mir bleibt jetzt nur noch, Ihnen gute Unterhaltung zu wünschen. Lesen Sie die Pausen mit und denken Sie immer an den letzten Satz meiner Oma: *Man liest nur mit den Augen gut!*

Ihr
FW

PS: Für die achtzig Prozent der Käufer, die das Buch nie lesen werden, habe ich aber auch noch eine gute Nachricht: Ich habe nur für Sie dem Buchrücken eine Farbe gegeben, die in den meisten Regalen eine gute Figur macht.

MENSCH UND GESELLSCHAFT

AUS DER SICHT VON SCHRÄG HINTEN

Der Mensch nutzt nur zehn Prozent seines Gehirns. Meistens, um an Sex zu denken.

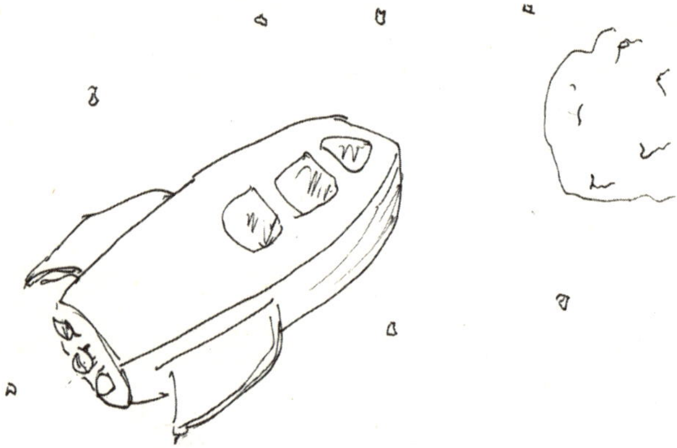

Die Menschen sind komisch.
Sie können zum Mond fliegen,
tun es aber nicht.

Genforscher haben herausgefunden, dass 94 Prozent der Menschen identisch mit Schweinen sind.

Wenn man sich oft genug sagt, dass *self-fulfilling prophecies* nicht eintreffen, dann treffen sie auch wirklich nicht ein.

Bereits die Steinzeitmenschen tranken Gin. Forscher fanden in einer Höhle in der Dordogne (Südfrankreich) eine halbleere Flasche Bombay Saphire. Sie gehen davon aus, dass ein Initiationsritual dahintersteckte. Warum die Frühmenschen die Flasche nicht ausgetrunken haben, bleibt allerdings unklar.

Wer gerne schläft, ist besser im Bett.

Bis zur Erfindung von Kleidung liefen alle Menschen nackt herum und waren albern.

Laut Etikette sollen Herren nach achtzehn Uhr keine braunen Schuhe anziehen. Viele Männer nutzen allerdings einen Trick. Sie ziehen die Schuhe schon vorher an.

Biologisch gesehen unterscheiden sich Männer und Frauen einzig durch die Anzahl der Chromosomen. Bei Männern überwiegt hier das Testosteron, bei Frauen hingegen das Estragon.

Der erste Homo sapiens war Linkshänder.

Während der Pubertät tauschen Mädchen untereinander circa zweihundert Millionen Blicke aus.

Die Hypotenuse – der vordere Teil des menschlichen Gehirns – ist nur für einfache Tätigkeiten wie Zähneputzen und Elfmeterschießen zuständig. Wie vom Resthirn wird auch von der Hypotenuse leider nur ein kleiner Teil genutzt, weshalb Elfmeter auch manchmal danebengehen.

Neugeborene sehen nach der Geburt haargenau so aus wie ihr Vater. Das machen sie absichtlich.

Jugendliche brauchen weniger Schlaf als richtige Menschen.

Die Augen zählen neben Lippen, Augenbrauen, Wangenknochen, Stirn und Kinn zu den schönsten Merkmalen, die ein Gesicht zu bieten hat.

Der Mensch besteht zu siebzig Prozent aus Tränen. Der Rest ist Fett.

Die Geburt ist der schönste Tag im Leben eines Vaters. Für die Frau ist der schönste Tag erst Monate später, wenn ihr zum ersten Mal die Lieblingsjeans wieder passt.

KURZ NOTIERT

Fünf wenig erfolgversprechende Euphemismen für Sex

„Den Flash-Player updaten"

„Das Paket beim Nachbarn abgeben"

„Die Füße hochlegen"

„Das Digeridoo stimmen lassen"

„Die Rauchmelder überprüfen"

WISSEN ZUM MITNEHMEN

Alles über die Evolution des Menschen

Die Wiege des Menschen befindet sich in Afrika. Sie war aus einfachem Zedernholz gefertigt. Von wem, ist der Wissenschaft immer noch ein Rätsel. Waren es affenähnliche Wesen oder jemand völlig anderes? Die Antwort ist: Ja, höchstwahrscheinlich.

Das erste Menschenkind erblickte am Dienstag, den 16. August 40 Mio. v. Chr., gegen elf Uhr vormittags am Rande des Serengeti-Nationalparks das Licht der Welt. Als Hebamme diente eine erfahrene Gorillaoma.

Bei den Frühmenschen wurde der Genpool noch nicht so streng überwacht. Die daraus resultierenden Gendefekte fielen kaum auf, im Gegenteil: Sie führten zu körperlichen Besonderheiten, die wir noch heute kennen: Weisheitszähne, Blinddarm und Nasenhaare. Allesamt stumme Zeugen dieser historischen Genpoolparty.

Die ersten Menschen umgab eine Mischung aus Schüchternheit und Angstlosigkeit, was sie, zusammen mit dem zerzausten Fell und dem beißenden Geruch, der von ihnen ausging, vor dem Gefressenwerden bewahrte.

Vor der Erfindung des aufrechten Gangs mussten sich bei der Apfelernte bis zu sechzehn Menschen übereinanderlegen.

AUSSCHNEIDEN UND BEHALTEN

Wenn man im Traum einer Schlange begegnet, bedeutet es in den meisten Fällen, dass es allerhöchste Zeit ist, aufzustehen.

Frage nicht, was Schrödingers Katze für dich tun kann, frage, was Schrödingers Katze für dich tun kann!

Es gibt zwei Arten von Rentnern in rosa Jeans. Die, die albern darin wirken, und die, die noch nie jemand gesehen hat.

Das menschliche Gehirn ist ein Muskel, der wassergelagert zwischen Gaumen und Hirnrinde liegt. Das Gehirn wird von Medizinern in drei Teile (sog. »Gehirnhälften«) unterteilt. Natürlich erst, wenn der Patient schon tot ist.

Lispelnde Magersüchtige haben gleich zwei Essstörungen.

Embryos durchleben in der Gebärmutter alle Stadien der Evolution. Sie sind erst Pantoffeltierchen, dann

Urzeitkrebs, dann Schlange, Gecko, Dino, Gorilla und nach neun Monaten kleine Schweinchen. In der Pubertät durchleben Kinder ein zweites Mal die Evolution. Allerdings nicht mit den gleichen Stadien wie vorher im Mutterleib, sondern diesmal: Drache, Schmetterling und Dämon.

Beim Hinsetzen werden die gleichen Muskelgruppen trainiert wie beim Seilspringen, allerdings weniger intensiv.

Kinder, die an einem ungeraden Datum geboren wurden, schneiden bei Intelligenztests durchschnittlich um einen Punkt besser (oder schlechter) ab als herkömmliche Kinder.

Der Leipziger Psychiater Herrgott Friedewohl verglich die menschliche Seele mit einer Dose Thunfisch. Sie sei ebenso schwer zu öffnen, und wenn man es geschafft habe, sei der Anblick nicht jedermanns Sache. Vom Geruch ganz zu schweigen.

Im verflixten 7. Jahr werden mehr Ehen geschieden als in jedem anderen Land.

Interessant. Am vorzeitigen Samenerguss leiden mehr Frauen als Männer.

Blonde Menschen treten häufiger aus Versehen in Pfützen als dunkelhaarige Menschen. Außerdem sterben sie bald aus.

Die meisten Studien über notorische Lügner sind unbrauchbar.

Viele Dinge lernt der Mensch erst später im Leben, zum Beispiel, dass Studenten nicht voll alt, sondern sehr jung sind.

Menschen, die ein Billy-Regal auf den Sperrmüll schmeißen, sehen glücklicher aus als Menschen, die eins aufbauen.

Paare, die identische Outdoorjacken tragen, sind nicht so spießig wie ihr Image. Im Gegenteil: Der Partnerlook ist vielmehr ein geheimes Zeichen ständiger Bereitschaft für Gangbang.

Bevor es Smartphones gab,
musste man auf Konzerten Feuerzeuge
in die Luft strecken, um den Hintenstehenden
die Sicht zu versperren.

Partygespräche werden interessanter, wenn man vorgibt, gehörlos zu sein.

Herzen schlagen höher, wenn man auf einer Leiter steht.

Acht von zehn Männern haben Schwierigkeiten beim Binden der Krawatte. Die anderen auch.

Jemandem »die Hand geben« kommt von einer Sitte im englischen Hochadel, nach der man als Besucher dem Gastgeber die abgeschlagene Hand eines Untertanen als Zeichen der Hochachtung übergab. Daher kommt auch der Begriff »Handtasche«, dem Behältnis, in dem das gute Stück transportiert wurde. Nachdem jemand einem »die Hand gegeben« hatte, wurde sie gewaschen, woher die Redewendung »eine Hand wäscht die andere« kommt.

Beim Sex wird die Reaktionszeit verdoppelt.

Vierundzwanzig Prozent der Apple-User nennen sich sogar selbst so.

Die meisten Beziehungen scheitern schon daran, dass sich die Leute erst gar nicht treffen.

Es gibt zwei Arten von Menschen: Die, die Sachen umtauschen. Und die, die zu ihren Fehlern stehen.

Durch Drogen, Sex und Musik werden im Gehirn sogenannte Synkopen freigesetzt. Das sind kleine elektrische Blitze, die mit Lichtgeschwindigkeit durch den Körper fegen und zu debilem Grinsen, Gänsehaut und Schüttelfrost führen können. Galt bis ins letzte Jahrhundert in solchen Fällen ein Exorzismus als Mittel der Wahl, empfiehlt die Schulmedizin heute Tee und Wadenwickel.

Kleine Menschen stoßen sich genauso oft wie große. Allerdings an ganz anderen Stellen.

Neun von zehn Leuten, von denen man einen Gebrauchtwagen kaufen würde, verkaufen keinen.

STARS UND STERNCHEN

AUS DER SICHT VON SCHRÄG HINTEN

Berühmte Menschen sind genau wie du und ich. Sie essen, trinken, schlafen und lieben es, sich im seidenen Morgenmantel ohne was drunter auf einer Dachterrasse hoch über der Stadt den ersten Kaffee bringen zu lassen.

Bilden Sie mal einen Satz mit *Sean Penn*!

*»Gestern Nacht um halb zwei?
Da war ich Sean Penn.«*

Immer, wenn Elvis zum Zahnarzt musste, schickte er einen Doppelgänger.

Rihanna muss immer noch Zeitungen austragen. Mittlerweile hat sie allerdings Angestellte, die das für sie erledigen.

Paul Breitners Bruder war zweimal mit Horst Hrubeschs Schwester verheiratet. Die erste Ehe wurde nach nur einer Woche annulliert, die zweite war nur so aus Spaß.

Dennis Wind, der legendäre Wettermann der BBC, heißt mit bürgerlichem Namen Darren Wind.

In den siebziger Jahren teilte sich Eckart von Hirschhausen in Hamburg eine Wohnung mit Otto Waalkes, Marius Müller-Westernhagen und Udo Lindenberg. Die drei sind immer noch Freunde.

Lady Di und Prince Charles flogen immer in getrennten Flugzeugen. Für den Fall, dass der Flug mal länger dauerte.

Der im Zusammenhang mit der RTL-Sendung »Ich bin ein Star – Holt mich hier raus!« oft verwendete Begriff »Ekel-TV« bezieht sich auf die sogenannten Dschungel-Prüfungen und nicht – wie man vermuten könnte – auf die Kandidaten.

Fernsehkoch Tim Mälzer kann Wasser an der Temperatur erkennen.

Der ehemalige Tennisprofi Boris Becker hat als Ghostwriter zwei erfolgreiche Bücher geschrieben. Eins für Stefan Effenberg und das andere für Daniela Katzenberger.

Heinz Erhardt trank vor seinen Fernsehauftritten gerne mal ein Gläschen Mineralwasser.

Charles Bukowski trank täglich zwanzig Capri-Sonnen, die er eigens aus Deutschland einfliegen ließ. Er schwörte auf den hohen Fruchtgehalt und hatte Spaß daran, die ausgesaugten Päckchen unter Zuhilfenahme des beiliegenden Trinkhalms mit Whisky wieder aufzufüllen. »Charlie-Sonnen« nannte er die Beutel, die er dann auf die Pferderennbahn mitnahm.

Der US-Rapper Kanye West hat die größte Sammlung bundesdeutscher Briefmarken mit Ersttagsstempel aus den Jahren 1974 – 1979. Er versteckt sie in einem Kühlschrank in seiner Ferienwohnung auf Costa Rica.

Viele Leute denken, dass Carmen Mioska Caren Mioska heißt. Sogar ihre Mutter.

Senta Berger hat ein Apartment in Paderborn.

Der Trash-TV-Star Robert Geissen war 1981 hessischer Landes-Schachmeister der Junioren. Der andere Teilnehmer wurde wegen Meckerns disqualifiziert.

Peter Maffay spielte mit vierzehn Jahren als Komparse in einem dänischen Softporno. Seine einzige Textzeile lautete: »Meine Mutter? Sie ist da drüben, im Garten.« Maffay selbst bestreitet das. Er behauptet, er hätte mehr Text gehabt.

Als »El Classico« bezeichnen spanische Fußballfreunde Luciano Pavarotti.

Als Derrick am 12.1.1993 zum ersten Mal im japanischen Fernsehen lief, dachten viele Zuschauer, der Hauptdarsteller sei eine animierte Figur.

Cindy aus Marzahn arbeitete in einem früheren Leben als Stewardess bei United Airlines. Sie hieß Cathy Smith und verfügte damals schon über gewisse Entertainer-Qualitäten.

Schon gewusst? Das rechte Auge im legendären Tatort-Vorspann ist ein Glasauge.

KURZ NOTIERT

Fünf Albumtitel, die von Grönemeyer sein könnten

- Bugwellen
- Im Gehen
- Dahinten
- Im Soll
- Luft

Es war einmal ein junger Bauernsohn, der kam in eine große Stadt. Auf dem Land hatte er sich nicht wohl gefühlt und den Bauernhof wollte er nicht übernehmen. Die Leute in dem Dorf lachten ihn aus. Mittlerweile ist er ein erfolgreicher Gangsta-Rapper, dessen Name hier nicht genannt werden darf.

Markus Lanz jobbte während des Studiums in Wien als Dragqueen. Sein Künstlername war Eva Brown.

Die Blue Man Group schaffte es als erste Trommelgruppe, weltweit in über 70 Ländern insgesamt 272 Millionen Zuschauer zu nerven.

Audrey Hepburn litt an Rehaugen.

Die Lederhose, die Jim Morrison auf den berühmten Schwarzweißfotos von Annie Leibovitz trägt, war grün und aus Plastik.

Der englische Rockstar Sting kann seinen Orgasmus sechs Stunden hinauszögern. Tut es aber nicht.

Baggerfahrer Ewald Lienenberg aus Ruppichteroth bei Gummersbach schaffte es am 12. Januar 1997, bei »Wetten, dass ..?« in sechs Minuten acht Flaschen Bier auf ex zu trinken. Er saß alleine zu Hause und hatte nichts Besseres zu tun.

Kurt Cobain liebte deutschsprachige Hörspielkassetten. Er besaß alle Folgen der »Drei Fragezeichen«. Ohne sie konnte er nicht einschlafen; mit ihnen leider auch nicht.

Jenny Elvers kann alle Shakespeare-Sonette auswendig.

Stefan Raab hat immer noch sein Studentenapartment in Köln-Sülz. Er vermietet es für 360,- Euro warm unter. (Anfragen bitte nur über sein Management.)

Der Unfall im Kultfilm »Ferris macht blau«, bei dem der Ferrari rückwärts durch die Glaswand fährt, ist am Set wirklich so passiert. Im Drehbuch war ein anderes Ende der Szene vorgesehen. Wenn man genau auf die Reaktionen von Ferris und dem anderen Typen achtet, erkennt man einen kurzen, ungespielten Schockmoment. Auch die Kamera schwenkt etwas zu spät rüber.

Fernsehkoch Horst Lichters Lieblingsgericht ist der »Tortelloni-Topf mit Tomate-Basilikum« von Maggi fix.

Der Komponist der Titelmelodie der TV-Sendung »Der 7. Sinn« kam bei einem Verkehrsunfall bei Oldenburg von der Straße ab. Sein Suzuki Swift musste mit einem Trecker aus einem Bach gezogen werden.

Marc Zuckerberg hat ein Hobby, von dem nur er und seine Frau wissen. Jeden Mittwoch zwischen 7:30 und 9:30 Uhr steht der bescheidene Facebook-Gründer an einer Kreuzung in San Francisco und verwöhnt die an der Ampel wartenden Autofahrer mit Jonglage. Erkannt wird er nie, weil er dabei Anzug und Krawatte trägt.

Die Girlgroup Salt 'n' Pepa bestand aus den Schwestern Sporty Spice, Baby Spice und Ginger Spice. Ihr größter Hit war »Eternal Fame« aus dem Musical »Fame«. Entdeckt wurden die drei Schwedinnen vom legendären Sex-Pistols-Manager Malcom McLaren.

1969 vermietete Heinz Schenk seine Garage in München-Schwabing an Klaus Kinski. Das Kuriose an der Geschichte: Kinski hatte gar kein Auto.

Die Tiere der Stars

Marilyn Monroes Meerschweinchen Mary

Mary war ein Mischlingsrüde aus Meerschweinchen und Hamster. Genetisch gesehen aber ein Meerschweinchen, was man an den kurzen Rippen erkennen konnte. Monroe liebte das gescheckte Frettchen so sehr, dass sie von jedem Kleid, das sie trug, eine exakte Replik für Mary schneidern ließ.

Kohls Kater Kunibert

Helmut Kohl war nicht nur Vater der deutschen Einheit, sondern auch »Vater« eines persischen Katers. Es war eine Angorakatze, die eine irakische Konsulsgattin dem Pfälzer Poltiker als Wiedergutmachung für ein zertretenes Rosenbeet schenkte. Der Kater wurde dreißig Jahre alt und steht nun plastiniert in Kohl Geburtshaus im Keller.

Caesars Zebra Xenia

Caesar war nur einmal in Afrika. Er fuhr alleine hin und kam mit der Liebe seines Lebens zurück. Es war die dreijährige Zebrastute Xenia, die fortan die Geschicke des Römischen Reiches bestimmen sollte. Sie hatte dreizehn Angestellte und eine eigene vierhundert Quadratmeter große Villa mit fermentiertem Echtgrasteppich.

Lanz' Libelle Lydia

Markus Lanz kennt man als umtriebiges, etwas grobschlächtiges Alphamännchen. Dass er auch eine weiche

>>>

Seite hat, zeigt die fürsorgliche Beziehung zu seiner Libelle Lydia, die er auf einer Wanderung durch das schottische Hochmoor den Fängen eines Wolfsjungen entriss. Lydia ist die einzige Libelle mit einer eigenen Haftpflichtversicherung.

Hitlers Hase Hennes

Jeder kennt Hitlers Dackel Eva, aber sein Hase Hennes spielte in Hitlers Leben eine viel größere Rolle. Er war der zweite Sohn einer amerillischen Hofhasendame und die böseste Kreatur mit Schlappohren, die die Welt je gesehen hat. Er starb beim Putschversuch im Münchner Hofbräukeller und wurde auf dem Obersalzberg beerdigt. Ein simples Holzkreuz mit der Inschrift »Heil Hennes« ziert das Grab.

Rummenigges Rotkehlchen Romy

Bis heute hält Karl-Heinz Rummenigge seine große Liebe zu heimischen Singvögeln streng geheim. Nicht mal seine Frau weiß von den unterirdischen Volieren, die der gebürtige Lippstädter auf einer Offshore-Insel unterhält. Der Star seiner Sammlung, das Rotkehlchen Romy, ist allerdings immer bei ihm: in einem beheizten Rollkoffer, der nie weiter als drei Meter von dem beliebten Fußballmanager entfernt ist.

Kahlos Raupe Frodo

Frida Kahlo ist bekannt für zwei Dinge: für ihren übergewichtigen Mann Diego und für ihre markanten Augenbrauen. Aber halt! Hatte sie überhaupt markante Augenbrauen? Im Gegenteil, sie hatte überhaupt keine.

>>>

Sie schmierte sich jeden Morgen eine Linie Honig über die Augen und »klebte« so eine 16 Zentimeter lange Braunstreifenraupe als Augenbrauenattrappe fest. Die Raupe aß im Laufe des Tages den Honig und wurde abends von ihrer Herrin in ein Bett aus Basilikum gebettet. Der Raupe gefiel das Leben so gut, dass sie erst nach dem Tod Kahlos zum Schmetterling wurde.

Bonos Beo Bello

Der Sänger der irischen Rockband U2 war schon als Jugendlicher gut zu Vögeln. Doch erst der Beo Bello, den er von Papst Johannes Paul II. zu seinem ersten Aids-TV-Spot geschenkt bekam, machte Bono endgültig zum Vogelnarr. Alle Texte, die er seitdem schrieb, zeigte er zuerst Bello. Den Welthit »Beautiful Day« schrieb der gefiederte Singvogel sogar alleine.

Mileys Macracanthorhynchus Medusa

Miley Cyrus gilt als eine der schillerndsten Figuren am Pophimmel. Um ihre Position zu halten, muss sie immer wieder neue Schlagzeilen generieren. Einmal wäre der Versuch aber fast schiefgegangen, nämlich, als sie ihren Fans auf Instagram ihr neues »Haustier« vorstellte, einen von Schweinen übertragenen Parasiten namens Medusa. Drei Stunden nach dem Post lag sie schon auf der Intensivstation. Der Parasit überlebte die Operation und wohnt nun auf einer Farm in Ohio. Miley Cyrus bezahlt dafür sechstausend Dollar im Monat.

AUSSCHNEIDEN UND BEHALTEN

Karl May litt an Nobiophobie: der Angst davor, sich im Zug in den Schaffner zu verlieben.

Steve Jobs hatte in seinem Büro im kalifornischen Cupertino keinen Schreibtisch. Er arbeitete in einem Schlauchboot, das in der Mitte des Raumes von der Decke hing.

TV-Schuldnerberater Peter Zwegat hieß früher Hans-Peter Zwegat. Durch die Namensänderung sparte er nicht nur Zeit, sondern bisher auch Tinte im Wert von acht Euro bei Unterschriften.

Jimi Hendrix spielte nicht wirklich seine Gitarre mit den Zähnen. Die Gitarre gehörte seinem Manager.

Mit sechzehn hatte Udo Walz acht Dreadlocks.

Andrew Lloyd Webbers Musical Cats hieß in der ersten Fassung »Sex«. Den prüden Broadway-Produzenten war das allerdings zu obszön, weshalb sie in allen Songtexten das Wort Sex durch »Cats« ersetzten.

Leroy Tiegel ist der unbekannteste Prominente der Welt. Sein Name wurde bisher nur einmal gedruckt. Und zwar in diesem Buch.

Die Melodie auf der Originalaufnahme von Scorpions »Wind of change« wurde von Klaus Meines Mutter eingepfiffen. Die Dame träumte schon lange von einer Aufnahme und war seit den vierziger Jahren eine begeisterte Pfeiferin.

Deutschlands berühmtester Chorleiter Gotthilf Fischer hört seit seinem 28. Lebensjahr Stimmen.

Seit Madonna am 12.1.1986 in Wichita, Tennessee, in einem öffentlichen Hallenbad schwamm, wurde das Wasser dort nie wieder gewechselt.

Die Schwarzwaldklinik gab es wirklich. Es war eine erfolgreiche ZDF-Fernsehserie.

Während der Dreharbeiten zu E.T. wurden zwei BMX-Räder geklaut. Allerdings ganz woanders.

Tagesschausprecher Jan Hofer arbeitete während seines Studiums als Handmodel in einer Katzenfutterwerbung.

Moritz Bleibtreu sollte Ekel Alfred in der Erfolgsserie »Ein Herz und eine Seele« spielen. Zum Zeitpunkt des Drehtermins war er aber noch nicht geboren.

In den ersten 5000 Folgen der RTL-Soap »Gute Zeiten, schlechte Zeiten« aßen die Darsteller kein einziges Mal Spinat.

Blümchen war die erfolgreichste deutsche Künstlerin in den USA.

Der erste Song, den Helene Fischer für Geld in einem Studio sang, war »Zehn kleine Jägermeister« von den Toten Hosen. Die Band war zu Aufnahmen in einem Berliner Tonstudio, als Helene Fischer eine Demokassette vorbeibrachte. Der Düsseldorfer Punkband fehlte noch genau eine Stimme im 20-köpfigen Chor. Die Gage: fünf Mark, die sich Campino allerdings gleich wieder von der damals 16-jährigen Fischer lieh, um Zigaretten zu holen. Ob er ihr das Geld je zurückgab, ist nicht bekannt.

Bis zum dritten Album von Herbert Grönemeyer dachte der Chef der Plattenfirma EMI, dass der bodenständige Bochumer Barde auf Englisch singt.

Fußballer Volker Biereichel ist der Bundesligaspieler, der am häufigsten gefoult wurde. In 108 Pflichtspielen, die er für den 1. FC Kaiserslautern bestritt, wurde er 303-mal umgenietet. Er musste in acht Jahren 44-mal operiert werden und hatte zum Ende seiner Karriere nur noch einen seiner eigenen Knochen, der Rest wurde ersetzt. Ein Tor erzielte der gebürtige Ulmer nie.

Zsa Zsa Gabor hatte Sommersprossen in den Kniekehlen. Wegen dieser seltenen Besonderheit mussten ihre Beine in Filmen oft gedoubelt werden.

Jimi Blue Ochsenknecht kommt ursprünglich vom Theater. Erst mit vier Jahren wechselte er zum Film, wo er mit offenen Armen empfangen wurde.

DJ Bobo war zehn Jahre lang für die ausgefeilte Live-Choreographie von Rammstein verantwortlich. 2012 kam es zur plötzlichen Trennung, als der Schweizer Entertainer Geld für seine Arbeit verlangte.

Bei ihrem »Rock am Ring«-Konzert 1997 wurde Metallica von einer Coverband aus Ludwigsburg ersetzt, ohne dass die Zuschauer dies bemerkten. Die echte Band befand sich mit »Lebensmittelvergiftungen« in Frankreich. Erst in der Jahre später erschienenen Bandbiographie wurde der Vorfall erwähnt. In der deutschen Ausgabe wurde die Stelle geschwärzt.

Pipi Langstrumpf hat in der gleichnamigen schwedischen Fernsehserie ihr Pferd nicht wirklich hochgehoben. Es war vielmehr die 14-jährige Ingrid Stersson, die Pipi in der Szene doubelte.

KURZ NOTIERT

Fünf Begriffe, die Prominente nicht gerne in Zusammenhang mit ihrem Namen in der Zeitung lesen

„Das ganze Ausmaß der Katastrophe …"

„… verlor die Kontrolle …"

„… fiel den Beamten auf …"

„… beißender Geruch …"

„… machte einen verwirrten Eindruck."

»Star Wars 7 – Das Erwachen der Nacht« ist der erste Hollywoodfilm, der komplett mit Selfie-Stangen gedreht wurde.

Aus Angst vor einem vorzeitigen »Leaken« nahm die britische Pop-Formation Coldplay ihr letztes Album rückwärts auf. Erst am Tag der Veröffentlichung wurde die Audiodatei umgedreht und verkauft. Um die Gesangsparts exakt rückwärtszusingen, hatte Frontmann Steve Martin einen eigenen Trainer: Bono.

In seinem Song »König von Deutschland« erzählt Udo Lindenberg, wie es wäre, einen Tag lang ein Mädchen zu sein.

Auf der Party zum Drehschluss von »Ein Schweinchen namens Babe« gab es ein Spanferkel.

ESSEN UND TRINKEN

AUS DER SICHT VON SCHRÄG HINTEN

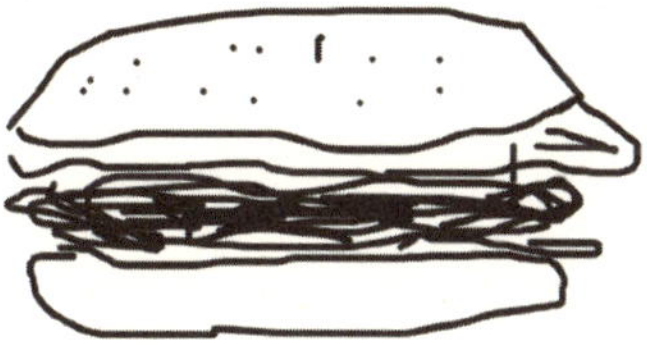

Liebe geht durch den Magen,
aber nicht durch die Küche.

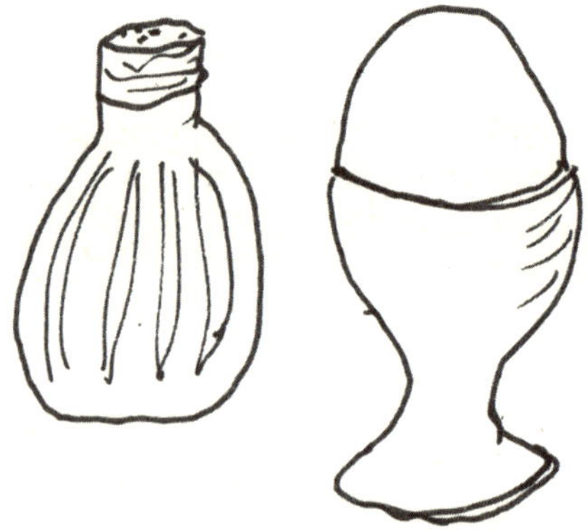

Hitler-Frühstück
(nur ein Ei)

Veganer wissen: Eier lassen sich hervorragend durch Weintrauben ersetzen, wenn man statt Omelett Obstsalat macht.

Nur zehn Chia-Samen decken den Tagesbedarf eines Erwachsenen für immer.

In Deutschland werden täglich Unmengen an Essensresten weggeschmissen, die zuvor mit Zahnseide aus Gebissen geholt wurden.

Vorsicht! Rosinen haben einen Fruchtzuckeranteil von 400 Prozent.

Eine Dose Coca-Cola enthält achtzehn Stücke Würfelzucker. Allerdings ist das schwer nachzuweisen, da sich der Zucker längst aufgelöst hat, wenn die Dose im Supermarktregal steht.

In den USA werden bei Burger King täglich 300.000 Hamburger zurückgegeben, weil die Gurke fehlt. Weltweit sind es noch mehr.

Blasentee erlebte seinen größten Boom erst unter seiner englischen Bezeichnung »Bubble Tea«.

Die Mensa der Fernuni Hagen heißt Lieferando.

Fünf Tonnen Schweinefleisch werden täglich auf deutschen Autobahnen während der Fahrt verzehrt. Der Grund: LKW-Fahrer.

In gutem und schlechtem Pflaumenkuchen sind oft dieselben Zutaten drin.

Abstinenz war bis 1998 in Deutschland verboten. Der als »grüne Fee« bekannte Schnaps galt wegen seines hohen Alkoholgehaltes als lebensgefährlich.

Die »Rej longo cinco virgina« ist die teuerste Zigarre der Welt. Es gibt nur eine einzige Tabakpflanze, deren Blätter zur Herstellung verwendet werden dürfen. Sie steht an einem geheimen Ort in der Nähe von Havanna. Fünf Jungfrauen tanzen barfuß im Kreis um die Pflanze, um den Boden auf konstanter Temperatur zu halten.

Die Papaya-Indianer aus Indonesien kennen kein Wort für Brot. Gegessen haben sie es trotzdem, als ihnen der evangelische Missionar Helmut Schönleder 1965 eins mitbrachte. Es handelte sich um ein getrocknetes Schwarzbrot, was bei den Einheimischen zu Brechreiz und Verstopfung führte. Eine Magenverstimmung nennen sie seitdem »Brotzeit«.

In Vitamin C ist genauso viel Vitamin C wie in Vitamin C.

Dass man nach jeder Diät dicker wird, liegt am sogenannten Dominoeffekt.

Fisch bleibt länger frisch, wenn man ihn später angelt.

In Polen gilt man schon als Vegetarier, wenn man sein Fleisch vor dem Verzehr gart.

Im alten Ägypten bestand die Ernährungspyramide aus drei bis vier Eiweißen am Tag (gerne vom Habicht), Kohle und Fettsäuren (z.B. Ziegenöl), dazu ein Fläschchen Wein.

Die acht komischsten Rezepte der Welt

Fingerwurst: In Bolivien lieben schon die kleinsten Kinder ihre Fingerwurst. Aber keine Angst! Es handelt sich dabei nicht um echte Wurst, sondern um marinierte Faultierfinger, an denen die Kleinen oft tagelang rumnuckeln. Mediziner halten die darin enthaltenen Carbonate für unbedenklich. Im Gegenteil.

Falsche Hirse: Ein Festmahl bei den t'Nhamis in Zentralafrika. Hirsehalme, von denen nach der Ernte sowieso etliche rumliegen, werden in Gingerbier eingelegt und dann in einem Schlangenkopf serviert. Dazu gibt's Klöße, die deutsche Missionare vor hundertfünfzig Jahren mitbrachten. Sie schmecken immer noch gut.

Gummi-Gyros: Weder Gyros noch Gummi finden sich in dem Armeleuteessen der Nudus an der Beringstraße in Nordsibirien. Seinen Namen hat der stark gesalzene Butter-Eintopf einem frechen deutschen Austauschschüler zu verdanken, der nur drei Tage blieb.

Deutscher Bauch: So nennen die Einheimischen auf der philippinischen Insel Megung eine Art Spießbraten, der jedoch nicht über Feuer, sondern in der Sonne gegart wird. Dazu liegt das Schwein bis zu sechs Wochen auf einem Handtuch am Pool.

>>>

>>>

Flitzebogen: In der chinesischen Mekong-Provinz ein traditionelles Geschenk für Brautpaare. Es handelt sich dabei um ein in Holundersaft gegartes Affenschienbein, bei dem nur eine Sehne drangelassen wird. Der Bräutigam nimmt den Knochen in den Mund, während die Braut versuchen muss, mit der Zunge die Sehne abzureißen.

Katzensackerl: Im Schweizer Kanton Anton ein Muss auf jedem Frühstückstisch. Ein Hefeteigklops in Pallisander-Ragout. Schmeckt besonders zu Ei. Den Namen hat die beliebte Mehlspeise von seiner Erfinderin, Heidi Katzensackerl.

Spinnenarsch: Ob gebraten, geröstet, gedünstet, foliert, kaschiert oder einfach in Blätterteig: Australische Ureinwohner lieben ihre feinen Spinnenärsche. Während es früher selbstverständlich war, die Leckerbissen selbst zu jagen, kann man sie mittlerweile bequem im Netz bestellen.

Mettbrötchen: Für viele mag es etwas gewöhnungsbedürftig klingen, aber Mettbrötchen sind eine beliebte Zwischenmahlzeit im Rheinland. Für die Zubereitung werden Schweine in winzige Teile gehäckselt und roh unter Zwiebeln auf einer Brötchenhälfte serviert.

AUSSCHNEIDEN UND BEHALTEN

Wegen ihres brutalen Namens rechnete kaum jemand mit dem großen Erfolg von Blutorangen.

Der stramme Max wurde ursprünglich für die Raumfahrt entwickelt. Die drei Astronauten der ersten Mondmission waren sich nicht einig, was das Catering anging. Der eine mochte Ei, der andere Käse, der dritte Schinken. Fertig war der stramme Max.

Spargel gilt in Kuba als Unkraut.

DeBeukelaer-Kekse haben an den Rändern zweiundfünfzig Zähne, weil die Sekretärin des Firmengründers Edouard de Beukelaer zweiundfünfzig Zähne hatte.

Russisches Brot darf bis zu sechs Prozent Alkohol enthalten.

Bei der Herstellung von Espresso wird ein gewisser Druck auf die Bohne ausgeübt. Und weil das nicht jeder kann, macht das der Barista. Das ist inzwischen ein richtiger Beruf, und zwar aus dem weiten Feld der Schauspielerei.

Die erste Pizza Rucola entstand 1996 durch das Missgeschick einer Kellnerin in Baltimore. Sie notierte bei einer Bestellung statt »Pizza und Rucolasalat« fälschlicherweise »Pizza mit Rucolasalat«. Marco Trifini, Koch des Restaurants, lachte, tat aber, wie es der Zettel von ihm verlangte. Der Gast war verwirrt, reagierte mit Humor und aß die lustige Kombination vor den Augen vieler Schaulustiger auf.

Verschimmelte Tomaten haben zwei Prozent mehr Antioxidantien als frische.

Ungesättigte Fette sind am Buffet nicht gern gesehen.

Komasaufen ist ein Trend, an den sich viele gar nicht mehr erinnern.

In Computertastaturen finden sich genug Essensreste, um die gesamte Menschheit einen Tag lang zu ekeln.

Regionale Produkte sind so umweltfreundlich, weil sie mit dem Bus zum Marktplatz fahren können.

Acht Weine für die Ewigkeit

Vongulo Tierresto (Sizilien) – Dieser willensstarke Rote mit deutlicher Hopfennote ist seit Jahren der Geheimtipp in den heruntergekommenen sizilianischen Hafenkneipen. Die Matrosen lieben sein schneidendes, kurzbündiges Bouquet, das sie an die Schotterpisten in ihrer Heimat auf den Philippinen erinnert.

Torro Terroro (Spanien) – Ein günstiger, aufdringlicher Roter mit glamourösem Tiefgang. Himbeere und Schaum im Einlauf, Torf und Nase im Abgang. Wird traditionell nach dem Stierkampf gezischt. Schmeckt klasse mit Cola.

Haubenheimer Mütze (Baden) – König Ludwig XIV. hatte immer einen Tetrapak dieser federnden Rieslingattrappe im Gartenhaus. Bei vier Grad entwickelt der schimmernde Badenser magische Kräfte und stillt das Verlangen nach Geborgenheit in Sekundenschnelle. Schräg lagern. Passt gut zu Korn.

Niktu Galio (Indien) – Wörtlich übersetzt heißt die Traube von Indiens einzigem Weinanbaugebiet »Atomsaft«. Aber keine Panik, Uran ist nicht drin. Den Namen verdankt der Wein seinem Anbaugebiet, das auf dem Gelände eines Atomkraftwerks liegt. Ein Kuriosum: Der vollmundige, schwerzüngige Rotwein wird in einer zweihalsigen Flasche serviert.

>>>

»»

Lado Conjerou (Portugal) – Wer diesen Wein einmal getrunken hat, wird ihn schnell wieder vergessen. Der durchsetzungsfähige, tiefliegende Rosé ist so einnehmend, dass jeder, der ihn probiert, im Delirium endet und sich an nichts mehr erinnert. Vorsicht: Drehverschluss.

Nostrilliamo (Ungarn) – Ein Tropfen, der seinesgleichen sucht. Und das ist durchaus wörtlich zu verstehen. Ein Tropfen dieses ölig-bitteren Weißweins mit abgebundener Schwefel-Sahne-Note reicht, um einem ganzen Liebespaar den Abend zu vermasseln.

Malmösen (Finnland/Schweden) – »Grenzwertig« ist Europas nördlichste Traube nicht nur geschmacklich. Tatsächlich stehen die wenigen Reben (sechs) genau auf der Grenze zwischen Finnland und Schweden. Sie werden von pensionierten Grenzbeamten beider Länder geerntet und gekeltert. Die Ergebnis ist nicht nur ungenießbar, sondern lebensgefährlich. Es handelt sich bei den Früchten nämlich gar nicht um Weintrauben, sondern um Vogelbeeren.

Grantlanger (Österreich) – Österreich hat sich in den letzten zehn Jahren unbemerkt an die Spitze der europäischen Weinanbaugebiete gespielt. Dieser ehrliche, regenfeste Weißwein aus den Niederungen des österreichischen Dingsbums hat durchaus Klasse. Leider wird er nicht in Flaschen abgefüllt, sondern ist der geheime Bestandteil von Red Bull.

AUSSCHNEIDEN UND BEHALTEN

Wer im mexikanischen San Licuia de Posillino einen »Xantos« bestellt, bekommt ein Bier in einem echten Stinktierschädel serviert. Von der Gesundheitsbehörde in Oaxaca wird dieser Brauch nicht gerne gesehen, aber San Licuia de Posillino liegt zum Glück nicht in Oaxaca.

Wenn jemand an Fischsuppe stirbt, dann als Erster der Fisch.

KUNST UND KULTUR

AUS DER SICHT VON SCHRÄG HINTEN

Heraklit unterschied zwischen sechs elementaren Kunstformen: Literatur, Musik, Öl, Theater, Fotografie, Tanz und Töpfern.

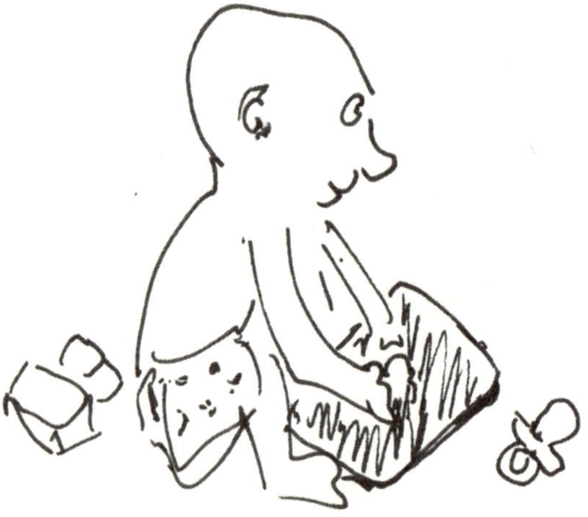

Wie dumm! Das Bildungsbürger-Baby hat das Tablet umgedreht, um den Klappentext zu lesen.

Ernst Jünger begann jede seiner legendären Geburtstagsreden mit den Worten: »Ich werd' auch nicht Jünger.«

Beethoven komponierte alle seine Symphonien einen Ganzton tiefer als später angegeben. Dazu ließ er sich eigens Notenpapier drucken, das unten eine Linie mehr und oben eine Linie weniger hatte.

Goethes Faust hatte einen Umfang von nur dreizehn Zentimetern.

Kunst kommt von Gönnen.

Thomas Mann hatte drei Eier, die er von seiner schlesischen Großtante geerbt hatte.

Georg Büchner malte jeden Morgen zwischen sechs und halb sieben ein Aquarell. Das Motiv war immer das Gleiche: der Ententeich in seinem Geburtsort Goddelau in Hessen. Gesehen hat die Werke niemand. Erzählt hat der Schriftsteller nur ein einziges Mal davon: in einem Interview mit der Zeitschrift NEON.

Friedrich Nietzsche war ein hervorragender und leidenschaftlicher Radfahrer. Auf einer Gesamtstrecke von über sechstausend Kilometern fiel er nur zweimal hin.

Der Münster-Tatort ist nicht wirklich lustig.

Erfolgsautor Frank Schätzing diktiert seine Romane beim Joggen.

Jules Verne hatte einen ungeheuren Bartwuchs. Bereits im Alter von elf Jahren trug er voller Stolz einen mächtigen Vollbart. Er wurde in der Schule deshalb gehänselt, aber die Hafenarbeiter in seiner Heimatstadt Nantes fanden den Bart spitze. Sie schenkten ihm Bier und Kautabak, wenn er nach der Schule an ihnen vorbeiging.

Dostojewskis Urenkel betreibt am Schwarzen Meer einen Jetski-Verleih namens »Dostojetski«.

Es waren einmal zwei Brüder. Der jüngere hieß Jacob, der ältere hieß Wilhelm. Und wenn sie nicht gestorben wären, dann lebten sie noch heute.

John Steinbeck erfand den modernen Duschkopf. Der erfolgreiche Schriftsteller baute die ersten Modelle in seiner Garage aus alten Suppendosen. In Gesellschaft betonte Steinbeck immer gerne, dass er durch diese Erfindung mehr für die Menschheit geleistet habe als mit seinen Romanen.

Unter dem Pseudonym »Johann Wolfgang von Goethe« veröffentlichte Heinrich von Kleist mehrere erfolgreiche Werke.

Sartire daf alles!

Der Ullstein-Verlag in Berlin heizte bis in die Mitte der Nuller-Jahre sein gesamtes Verlagsgebäude mit unverlangt eingesandten Manuskripten.

Komisch, der teuerste deutsche Maler ist Richter.

Das Schöne bei Improvisationstheatern ist, dass man nie weiß, was passieren wird. Es sei denn, man hat schon mal eins gesehen.

WISSEN ZUM MITNEHMEN

Erfundene Meisterwerke der Filmgeschichte

»Magolans Rache«
Pavlo Chatovs Stummfilmklassiker gilt als erster weltweiter Kinohit. Doch nicht nur das Publikum, auch die Kritiker begeisterte der düstere Schwarzweißstreifen, der in nur zwei Tagen in einem Prager Theater gedreht wurde. Die bronzene Badewanne, in der Anna ihren Mörder trifft, ist die gleiche, die Polini vierzig Jahre später in »Roter Tod« im Hudson River versenkte.

»Des Teufels linke Pranke« (original: Lucifer's Bride)
Kein Film beschreibt das Berlin der Goldenen Zwanziger so lebensnah wie das Debüt des jungen Otto Wilden. Curt Baum, der den Zeitungsjungen Arthur spielt, verhalf dem Film zu einer Karriere in Hollywood. »Es gibt Schauspieler, und es gibt Curt Baum«, soll Pierre Migelle einmal gesagt haben.

»Die vorgetäuschte Liebe der Franziska L.«
In der DDR lief der Film nach Erscheinen nur eine Woche im Kino. International war ihm deutlich mehr Erfolg beschieden. Es war der einzige Ostblock-Streifen, der ein goldenes Weinblatt beim Toronto-Filmfestival erhielt. Leider in Abwesenheit des inhaftierten Regisseurs Paul-Maria Sydow. Die Autofahrt zu Beginn des Films ist laut Hollywood Encyclope der »eindrucksvollste Zoomschwenk der Filmgeschichte« und wurde u. a. von den Simpsons zitiert.

›››

»Billy Gun«
»Dürfte ich nur einen Western mit auf eine Insel nehmen, wäre es Billy Gun«, sagte Herb Jones über den Kultstreifen von Seth Hering. Es war der erste Film, der die Möglichkeiten des neuen Panavision-Formats voll ausnutzte und die Bildsprache des Kinos somit für immer verändern sollte. Legendär: Die Szene auf der Treppe.

»Rome by Car«
Screwdriver-Comedy »at its best«. Die actionreiche Liebeskomödie lief bereits fünfzehn Jahre als Musical am Atlantic Theatre, bevor Tony Carlton das Drehbuch von Tom Selden mit Jessica Evans und Burt Miller in den Hauptrollen auf die Leinwand brachte. Das geniale Timing war wohl nicht das Einzige, was die beiden verband: »Zwischen Jessica und Burt hat es so geknistert, wir brauchten einen zusätzlichen Feuerwehrmann am Set«, scherzte Tony Carlton 1970 in einem Limelight-Interview.

»Windows«
Der erste (und bisher einzige) Animationsfilm, der einen Polly-Award für den besten Hauptdarsteller bekam. Und das, obwohl der Hauptdarsteller ein Fenster ist. Der Film erzählt die abenteuerliche Geschichte eines einfach verglasten Flügelfensters in einem Hinterhof in Manhattan und zeichnet so ein skurriles Soziogramm der Jahre vor dem Crash an der Wall Street im Jahr 2008.

»YOLO – You only love once«
Der Film fühlt sich an, als ob ein Literatur-Nobelpreisträger eine romantic comedy erfunden hätte. Und so ähnlich war es ja auch. Peter Greenbergh sagte, er wolle einfach den Film machen, den er mit Freunden am liebsten im Kino sehen würde. Die Szene auf der Rollerskatebahn ist eine der am häufigsten parodierten Sequenzen der Welt. Diane Seager erhielt einen Oscar für ihre Rolle als Suzy. In Baltimore, wo die Geschichte spielt, läuft der Film immer noch jeden Freitag im Jugendzentrum.

»Indigo Dream«
Ein Experimentalfilm als Blockbuster? Wovon viele Autorenfilmer nicht mal zu träumen wagen, schaffte Ben Buffle gleich mit seinem ersten Langfilm. Eine einzige Kameraeinstellung und zwei Schauspieler. Das Drehbuch fand Buffle angeblich auf der Damentoilette einer Pariser Schwulenbar. Der Film kostete nur 2000 Dollar und spielte bereits am ersten Wochenende das Doppelte ein.

»Freeway«
Würde es die Bezeichnung »Kultfilm« nicht geben, für dieses durchgeknallte Roadmovie von Mick Rudd hätte man sie erfinden müssen. Doch der Erfolg kam nicht von ungefähr. Das Drehbuch wurde insgesamt zweihundertneunzigmal umgeschrieben. Das Casting dauerte vier Jahre, und die Produktionskosten waren am Ende hundertmal höher als geplant. Jack Zacharias, ein guter Freund von Rudd, hatte zum Schluss sein

eigenes Vermögen eingesetzt, um den Film fertigzustellen. Gelohnt hat es sich allemal: Allein das Merchandising spülte im ersten Jahr 41 Millionen Dollar in die Kassen.

»Over and Out«

Ein Raumschiff, das den Kontakt zur Erde verliert. Mehr ist über den Plot eigentlich nicht zu sagen. Trotzdem ist es unmöglich, sich der fesselnden Inszenierung von Fergil Smith zu entziehen. Der langsame Rhythmus der Bilder in Verbindung mit der Musik von Theo Theodorakis fesseln den Zuschauer von der ersten Minute an. Und Fans dürfen sich freuen. Der Director's Cut soll nach langen Verzögerungen wegen diverser Rechtsstreitigkeiten endlich auf die Leinwand kommen.

»Die seltene Frau«

»Die seltene Frau« von Jacques Velon ist wohl das Ungewöhnlichste, was der frankokanadische Film seit »Noir plaisir 2« hervorgebracht hat. Velon kam gerade von der Uni, wo er Pizza hingebracht hatte, als ihn ein Studioboss der Delta anrief, um ihm mitzuteilen, dass man sein Drehbuch unbedingt produzieren wolle. Ein Vorschuss von drei Millionen Kanadischen Dollar floss, und Velon durfte machen, was er wollte. Also schnallte er einem Faultier eine alte 16-mm-Kamera auf den Rücken und lieferte das Material ungeschnitten ab. Der Film gewann Gold auf dem Sunscreen-Festival und gilt als Meilenstein der Handkameraarbeit. Der Studioboss hatte sich übrigens verwählt.

AUSSCHNEIDEN UND BEHALTEN

Wenn man alle Ausgaben der Wochenzeitung »Die Zeit« auseinanderfaltet und die einzelnen Bögen nebeneinanderlegt, würde man schätzungsweise vierhundertfünfzig Jahre brauchen.

Die schlechteste schwäbische The-Who-Coverband heißt »Die wo«.

26 Buchstaben reichten James Joyce, um sein Jahrhundertwerk »Ulysses« zu schreiben.

Die meisten Fernsehsender wollen irgendwas mit Menschen machen.

Sein erstes Gedicht schrieb Rilke in einem Münsteraner Krankenhaus mit einem Nagel auf eine alte Suppendose. Die Dose erzielte 1984 auf einer Versteigerung in Memphis lediglich sechs Dollar und wurde später in einer mexikanischen Garage gefunden.

Mit den Mozartkugeln erfand der gleichnamige Komponist das Merchandising.

Struwwelpeter-Autor Heinrich Hoffmann lag oft tagelang nur faul herum. Aber in seinen Kinderbüchern gab er den Oberlehrer.

In Uwe Johnsons »Jahrestagen« geht auf 1200 Seiten niemand auf Toilette.

Die Chinesische Mauer beruht auf einem Missverständnis. Eigentlich wollte der Bauer Minh-Hau nur eine kleine Hinterhofmauer bauen lassen. Die chinesischen Zeichen für »zwölf Ellen« (ca. 3,80m) und »aus dem Weltall sichtbar« sehen sich leider zum Verwechseln ähnlich. Den beauftragten Maurern kamen die exorbitanten Maße zwar komisch vor, aber Nachfragen gilt in der Cheng-Wong-Provinz als Zeichen von Schwäche.

Claude Monet ist ein Künstlername, der nach Geld klingen sollte.

Die Anfangsbuchstaben aller Zeilen von Schillers »Glocke« hintereinandergelesen ergeben ein Anagramm von »Alt Goethen hat gestern zur Nacht im Rathskeller die Kellnerin gevoegelth«.

Erfundene Romane für jedes Regal

Otto Sand – »Im Wind«

Zwanzig Jahre lang schrieb Sand an seinem achten und letzten Roman, der die Geschichte eines Wehrmachtssoldaten im Ersten Weltkrieg erzählt. Ein großes Buch über Schuld, Hoffnung und Selbstaufgabe. Seit Jahren gehört »Im Wind« zum großen Kanon der Schulliteratur und war immer wieder Anstoß für gesellschaftliche Debatten. Sand selbst hat das Buch nie gelesen.

Anselm Gurth – »Samuel Hofnagel oder die Angst, im Stehen zu sterben«

Berlin in der Nachkriegszeit. Der Eigenbrötler Samuel Hofnagel kommt aus dem Exil zurück ins zerstörte Berlin. Sein ursprünglicher Plan, wieder in einer Zeitungsredaktion zu arbeiten, wird schnell durch eine Begegnung mit Lea Willimann, einer jungen Burlesque-Tänzerin, durchkreuzt. Gurth schrieb diesen Roman, während er auf einen Zahnarzttermin wartete.

Isodore Klarenfurth – »Der Sommer in Willnius«

»Sollten Sie in Ihrem Leben nur einen Roman lesen, dann muss es ‚Der Sommer in Willnius' sein« – das waren die Worte, mit denen Joachim Teufel seine Kritik in der FAZ kurz nach Erscheinen von Klarenfurths viertem Roman begann. In ruhigem, epischem Ton schildert die gelernte Floristin die Geschichte vom Aufstieg und Fall der Industriellenfamilie Brandt.

›››

Trotz des großen Erfolges arbeitet Klarenfurth weiter in dem elterlichen Stehcafé.

Stan Grid – »Panama«
In jedem Genre gibt es ein Werk, das es nachfolgenden Generationen unmöglich macht, sich mit ihm messen zu können. »Panama« ist kein solches Werk. Und dennoch: In harten, beinahe weichen Bildern zeichnet Grid die Strukturen der Drogenkartelle Miamis nach. Zum Glück steht unter den Zeichnungen immer, was auf dem Bild drauf sein soll. Man erkennt nämlich fast nichts.

Kuni Yutimoko – »Die Mädchen aus der Stadt«
Tokio in den frühen neunziger Jahren. Lucy, Minh, Mila und Yoshima lernen sich als Neuankömmlinge in einem Elite-Internat kennen. Schnell merken sie, dass die Stadt mehr zu bieten hat, als sie ahnten. Ein Coming-of-age-Roman mit allen Zutaten, die man sich wünscht: Sex, Drogen und Musik. Und das Beste: Kuni Yutimokos 1200-Seiten-Debüt besteht nur aus Emojis.

Martina Funkel – »Nachtflug«
Funkel arbeitete lange als Kinderkrankenschwester und schickte immer wieder fertige Roman-Manuskripte an viele Verlage. Irgendwann war sie es leid und veröffentlichte ihre Texte kostenlos im Internet. Die Community liebte ihre Storys, und der Rest ist Geschichte. Über zweihundert Millionen Leser kauften »Nachtflug«, den zweiten Teil ihrer Lissabon-Trilogie.

»Die nächsten beiden Teile sind auch schon fertig«, verriet die fünffache Mutter strahlend.

Tim O'Whales – »L«

Wer einen unterhaltsamen Whodunnit-Krimi für den Urlaub sucht, wird mit O'Whales' Werk »L« wahrscheinlich nicht glücklich. In beinahe verstörender Brutalität wird ein blutrünstiger Kampf zwischen einem Mann und seinen Verfolgern beschrieben, ohne dass der Leser erfährt, worum es genau geht. Vom Protagonisten erfährt man nicht mal, ob er Mann oder Frau ist. Aber es ist ein Mann.

Einar Oluffsen – »Der grüne Rabe«

Der auf Kuba lebende Isländer Oluffsen zählt zu den bedeutendsten Stimmen seiner Generation. Phantasievoll erzählt der promovierte Physiker und bekennende Liegeradenthusiast von der jungen Halbwaise Melli, die ohne Ohren geboren wurde und in einem Altenheim in Reykjavík aufwächst. Oluffsen verzichtet in seinem gefeierten Erstling konsequent auf Adjektive und benutzt nur vier verschiedene Verben. Die Landschaftsbeschreibungen klingen wie aus einem anderen Land – und sind es auch.

Delfine Labelle – »Joels erste Nacht«

Am 11. September 2001 fliegt Joel, ein französischer Modefotograf, in die USA. Er verpasst den Airport-Express vom JFK zum World Trade Center, wo er um 10:00 Uhr ein Meeting mit seinem Agenten hat. Als er dort ankommt, ist die Welt nicht mehr dieselbe. Fes-

>>>

selnd und fast halluzinatorisch entführt Labelle uns in die Gedankenwelt eines Menschen, der alles verloren hat. Außer seinem Vermögen, seiner Familie und seiner positiven Lebenseinstellung.

Richard Blake – »Dead on arrival«
Der Irakkrieg aus Sicht eines iranischen Doppelagenten in US-amerikanischer Gefangenschaft. Detailreich, brutal und höchstrealistisch werden politische Zusammenhänge aufgezeigt, ohne dass die Spannung darunter leiden würde. Ein tolles Geschenk für Kinder ab drei Jahren.

Hans Düse – »Affenzahn«
Eine temporeiche, geradlinige Novelle über Drogen, Sex, Gewalt, Tiere, Architektur, Kino, Morde, Ernährung und Mode, angesiedelt im Umfeld illegaler Kartelabsprachen der Autoteilezulieferindustrie im beschaulichen schwäbischen Städtchen Neunanfingen. Pastor Hanebauch versucht mit seiner »Haushaltshilfe« Maria durchzubrennen, kommt aber nur bis zum Marktplatz, wo er sein blaues Wunder erlebt: Sein zitronengelber Kangoo wurde abgeschleppt. Zum zweiten Mal in einer Woche! Ironisch, lakonisch und mit einer Prise ungewollter Komik zählt die Provinzschmonzette zu dem Widerlichsten, was deutschsprachige Literatur in den letzten Jahren ausgekotzt hat. Ein absolutes Muss!

AUSSCHNEIDEN UND BEHALTEN

Wenn man Edvard Munchs »Schrei« umdreht und länger als eine Minute betrachtet, ist man umstellt von den Wärtern in der norwegischen Nationalgalerie.

In Belgien haben Comics einen viel höheren kulturellen Stellenwert als im Rest der Welt. Sie werden seit jeher als Literatur wahrgenommen. Deshalb erscheinen sie dort sogar gebunden und ohne bunte Bildchen.

Dass die Abkürzung ARD für »Erstes Deutsches Fernsehen« steht, ist vor allem deshalb bemerkenswert, weil darin alle Buchstaben falsch sind.

Jedes Buch hat zwei Seiten.

Im russischen Videotext wurde die TV-Premiere von »Toy Story 2« fälschlicherweise als »Tolstoi 2« angekündigt.

Volker Schlöndorffs »Blechtrommel« hat einen Academy Award gewonnen für den besten Oskar in einem ausländischen Film.

Filmtechnisch ist der erste Teil der »Herr der Ringe«-Trilogie höchstinteressant. Denn er wurde mit einer einzigen Einstellung gedreht. Und zwar mit der, Geld zu verdienen.

Im australischen Victoria gibt es einen Radiosender, in dem alles rückwärts läuft: die Songs, die Beiträge und sogar die Nachrichten. Letztere werden nicht mit technischen Tricks »umgedreht«, sondern tatsächlich rückwärts vorgelesen. Den Sender hören täglich bis zu 60.000 Rückwärtsfans aus aller Welt.

Die erfolgreichste TV-Serie in Nordkorea ist die »Lindenstraße«. Sie läuft mit Untertiteln, die allerdings nichts mit dem Originaldrehbuch zu tun haben.

David Lynchs Fernsehserie »Twin Peaks« ist ein Plagiat einer albanischen Reality-Soap aus den siebziger Jahren. Das angestrebte Gerichtsverfahren konnte jedoch durch eine Zahlung von eintausend Dollar an die Albaner verhindert werden.

Schubert war farbenblind, deshalb musste er im Liegen komponieren.

Viele Forscher behaupten, dass Musik mit dem Rhythmus begann. Das ist aber ein Irrtum. Ein Wort mit zwei h, die man nicht hört, gab es frühestens seit dem Mittelalter.

Goethes letzte Worte waren »Licht an!«. Seine Kritiker werfen ihm bis heute eine Mitschuld am Klimawandel vor.

Schallplatten klingen viel besser als CDs. Vor allem, wenn sie runterfallen.

KURZ NOTIERT

Vier gute Witzanfänge

„Wie nennt man einen Chinesen auf einer Brücke?"

„Was ist der Unterschied zwischen Essen auf Rädern und Felix Magath?"

„Ein Priester hat seinen letzten Arbeitstag und geht ins Schwimmbad. In der Umkleidekabine trifft er einen kleinen Jungen."

„Goldene Hochzeit. Der Mann kommt leicht angetrunken ins Hotelzimmer, wo die Frau schon im Bett liegt. Auf der Heizung hängt ihr BH."

In großen Theatern muss nicht nur im Saal, sondern auch hinter der Bühne bei jeder Vorstellung ein Feuerwehrmann sitzen. Unter Schauspielern gibt es den Aberglauben, dass es Unglück bringe, ihn zu grüßen. Viele Feuerwehrleute wissen das nicht und halten die Schauspieler für arrogant. Wie schade.

Stand-up-Comedians erzählen gerne von etwas, das sie sehr intensiv beobachtet haben; zum Beispiel ihrer Nachbarin.

Reinhard Mey ist großer Frank-Zappa-Fan. Er hat sämtliche Alben, sammelt Devotionalien jeder Art und kann alle Gitarrensoli nachspielen. Die Gelegenheit, einmal mit dem begnadeten Musiker zusammen zu arbeiten, blieb Zappa jedoch erspart.

Jackson Pollock malte stets im Dunkeln.

Tranken Schauspieler in Alfred Hitchcocks Filmen aus einer Kaffeetasse, war immer Whisky drin. Davon wussten die Schauspieler vorher aber nichts. Durch die Überraschung wollte der Kultregisseur den »Kaffeekick«, wie er ihn nannte, mit der Kamera einfangen.

Erfundene Alben, die Geschichte schrieben

Mick Dornelly – »Like a Tramp on the Tracks«

In den ersten zwei Minuten mag das Album etwas verstörend daherkommen, denn es ertönt nichts außer Dornellys Ofen-Orgel in dem legendären Detroiter Gemeindehaus. Doch spätestens wenn er beim Titeltrack zum Falsett anhebt, merkt man, dass hier nicht nur Songs, sondern gleichsam Musikgeschichte geschrieben wurde. Dale Thome von der New York Times sagte einmal: »Meine drei Alben für eine einsame Insel wären dreimal ›Like a Tramp‹ von Dornelly.«

Isaac Berrington Big Band – »Swing in Harlem«

New York in den 20er Jahren. Aus den illegalen Bars schwappt der Jazz über die Bürgersteige. Bands ragen wie Pilze aus den Häusern. Doch einer bringt mit seiner Trompete die Stadt zur Weißglut: Isaac Berrington kreiert den Sound der Stunde. »Swing in Harlem« wurde in einer knappen Stunde und mit nur einem einzigen Mikrofon aufgenommen und bildet bis heute die Benchmark für jeden Live-Mitschnitt.

Blind »Billy« Beefeater – »We call it the Blues«

Die elf Songs, die Blind Billy auf seiner zweisaitigen Gibson mit einer zum Tonstudio umfunktionierten Autobatterie aufnahm, lagen zunächst wie Blei in den Regalen. »So was hört kein Mensch«, war die einhellige Meinung der Radiostationen. Erst als ein Jahr später

>>>

D.D. Allison den Song »You and not the other one« neu aufnahm, begann der Erfolg des Albums, das heute in keiner Top-10-Liste fehlt.

Big Joe Turtle & the Treats – »Backseat Boogalo«
Edwin Folder bezeichnete diese Platte als »Geburtsstunde des Rock ‚n' Roll«. Es war das erste und erfolgreichste Album, das der erst 23-jährige Produzent Sam Caspari mit der Bostoner Formation für Avenue Records aufnahm. Leider blieben die nachfolgenden Alben erfolglos. Die Band löste sich auf. Sänger Ernie Benders tourt heute noch mit den alten Songs durch die Balkanstaaten.

Entourage – »Eat Wait Politics«
Die Kinsey-Ära war gerade vorbei, Bands wie »Rainpillow Pink« und »Heek« waren über Nacht zu Alten-Männer-Bands geworden, und die Jugend in Kalifornien suchte einen neuen Sound. Sie fanden ihn in der Formation um die New Yorker Sängerin Elle Many. Hits wie »Fog Youth« und das treibende »1,2,3, fear« gehören heute noch in jeden DJ-Koffer.

Tier – »Tier«
Als einzige deutsche Band unter den wichtigsten Alben der Prä-Skope bzw. Post-Neame-Ära schaffte es das Goslarer Quartett rund um Schlagzeuger Bernd Behrendt, der später auch Filmmusik u. a. für Paul Dinninger komponierte. »Tier« war das dritte Studioalbum der Band und gleichsam das letzte, das im legendären Studio4 in Hannover aufgenommen wurde, bevor es ausbrannte.

»»

Kutmasta Q & The Underground Force – »K 4 Killaz«
Zwei Plattenspieler und ein geklautes Mikrofon. Mehr brauchten die vier Schüler aus der Bronx nicht, um einer Generation einen Beat zu geben, der zum harten Leben in den Vorstädten passte. Der Hit »Sick Times« basiert auf einem Sample von »Midnight Order« von Alan Dwight.

Martha Brookes – »Pink Sodas and Lemon Shirts«
Auf diesem Album hört man deutlich die Einflüsse von Dan Reegen von den »Students«, der die meisten der Songs für seine damalige Lebensgefährtin Martha Bromovijki schrieb. Unter ihrem neuen Künstlernamen eroberte sie zunächst die weltweite Gay-Szene und gewann später zwei Tommys. Sie ist die erste Frau, der dies mit einem Debüt-Album gelang.

C.B.E – »Injections«
Selten ging ein zeitloses Album so schnell durch die Decke wie der zweite Longplayer des französischen Produzenten-Duos C.B.E. Die Vocals auf »Floor 2 Floor« stammen von der brasilianischen Gambo-Sängerin Nele Dione, die angeblich im Koma lag, als sie das legendäre »Encore« (am Ende des Songs) ins Mikrofon hauchte.

Tiffy Newson – »Folded Canvas«
Ist das Jive oder Treasure? So ganz sicher waren sich die A&R-Leute von Flatland Records nicht, als sie die junge Schwedin unter Vertrag nahmen. Dass ihr Debüt einmal als Meisterwerk des Beanie-Sounds in die Musikgeschichte eingehen würde, ahnte niemand. Schade, dass Tiffy gleich nach der Aufnahme in einem Krankenhaus verstarb.

AUSSCHNEIDEN UND BEHALTEN

Der Song »Yesterday« hieß ursprünglich mal »Tomorrow«. Die walisische Reinigungsfrau Auntigulle Ridgifigde hörte im Abbey Road Studio Paul McCartney singen und fragte höflich, ob »Yesterday« nicht besser klingen würde. Als der Song zwei Jahre später in die Charts einstieg, erinnerte sich Paul an die Situation und schickte der Frau einen Zitronenkuchen. Dass Frau Ridgifigde hochgradig allergisch auf Zitronen reagierte, erfuhr sie erst, als sie im St. Vincent Hospital erwachte. Sie war schon 53 und hatte noch nie im Leben Zitronen gegessen.

Während seiner »blauen Periode« trank Picasso bis zu fünf Liter Wein am Tag.

Die Nationalhymne von Aserbaidschan hat zweihundertneunundvierzig Strophen. Das Besondere: Sie ist instrumental.

Marlene Dietrich brachte immer ihre eigenen Kameraobjektive mit ans Film-Set und ließ sich vertraglich zusichern, dass sie das letzte Wort bei der Auswahl der Brennweite hatte. Die Kameramänner und Regisseure waren davon genervt und taten nur so, als ob sie die Objektive tauschten, vor allem weil es sich bei Dietrichs »Objektiven« um Kaleidoskope für Kinder handelte.

In keinem einzigen von Quentin Tarantinos Filmen sieht man je ein Bücherregal.

Die ersten Melodien der Welt hörten italienische Vogelzüchter bei ihren Zöglingen ab. Zwei von ihnen sind heute noch beliebte Klingeltöne in der Lombardei.

Beim Lesen werden beide Gehirnhälften trainiert – die obere und die untere.

Vincent van Gogh hörte schlecht. Leider genau auf dem anderen Ohr.

TIERE UND PFLANZEN

AUS DER SICHT VON SCHRÄG HINTEN

Im Laufe der Evolution hatten
Tiere und Pflanzen 20 Milliarden Jahre
länger Zeit, sich zu entwickeln, als der Mensch.
Sprechen haben sie trotzdem nie gelernt.
War es Absicht?

Das Gefährliche an diesen Wildwechselschildern ist, dass sich die Rehe darauf verlassen!

In New York ist nicht nur für Menschen der Wohnraum knapp; auch im Tierreich wurde eine Art Immobiliensystem entdeckt, das einem Haifischbecken gleicht. So zahlen Füchse nach eigenen Angaben für ein dunkles Loch im Central Park bis zu vierzig Mäuse im Monat.

Elefantenhaie im Chinesischen Meer leiden unter einer eigentümlichen Ess-Brech-Sucht. Forscher gehen davon aus, dass die Meerestiere durch ihr Verhalten Feinden gegenüber unattraktiv erscheinen wollen.

Sternbiber sind die einzigen Biber, die es nicht gibt.

Schweine müssen, um den Himmel zu sehen, auf dem Rücken liegen. Und im Freien leben.

Auf Korfu gibt es eine fleischfressende Pflanze, die sich bereits seit 2004 vegan ernährt. Mangelerscheinungen sind nicht bekannt.

Katzen können deutlich besser riechen als Menschen, aber auch deutlich schlechter.

Bei Zebras unterscheiden sich die männlichen von den weiblichen Tieren nur in ihrem Aussehen: Die Männlein sind schwarz-weiß, die Weiblein weiß-schwarz gestreift.

Eichhörnchen sind etwa zwanzigmal schlauer als Eidechsen. Aber doppelt so vergesslich.

Die Tiburhörnchen, eine Eichhörnchenart im Amazonas, sind die einzigen Tiere, die Fische fangen, ohne sie anschließend zu verzehren. Die gestreiften Sumpfnager nutzen lediglich die Gräten der Beute zum Bau von Hängematten für kranke Artgenossen.

Ein gutes Pferd schwimmt nur so hoch, wie es muss.

Eisbären zählen zu den Tieren, die am häufigsten polarisieren.

Unter Walen gelten Delphine als affektierte Langweiler. Umgekehrt haben Delphine großen Respekt vor Walen. Sie werden als Inbegriff von Anmut und Schönheit gesehen.

Schmeißfliegen kommen kostenlos ins Berghain. Und müssen nicht ewig in der Schlange stehen.

Pandabären werden am liebsten einfach »Pandas« genannt. Sie sähen sich selbst nicht so sehr als Bären, so ein Sprecher der Pandabären am vergangenen Dienstag.

Die reichste Bienenkönigin der Welt ist Wilma II. aus dem venezulanischen Maria Santiago de Monte Nina. Sie verfügt über ein Reich der Größe Bremens und sechs Millionen Angestellte.

Eine Untersuchung der Hirnströme von 12.000 Benoafaltern ergab, dass sich Schmetterlinge nicht erinnern, früher Raupen gewesen zu sein.

Der unbekannte Taubenzappler, ein kreisrunder Wurm, der in der Tiefsee lebt, geht davon aus, dass bis zu 120.000 Meeresbiologen noch nicht entdeckt worden sind.

Tapire können bis zu drei Tage am Stück laufen. Noch nie wurden sie dabei beobachtet.

Hunde hassen Wasser, lieben aber diese Schüttelbewegung, mit der sie ihr Fell trocknen. Ein ewiges Dilemma im Hundeleben.

Pferde schlafen im Stehen. Sie sind damit eine der wenigen Tierarten, die sogar zum Hinlegen zu faul sind.

Die letzten drei Dinosaurier starben am selben Tag. Einer vor Wut, einer aus Angst und der dritte an einer Infektion der oberen Atemwege, die zu einer Entzündung der vorderen Aorta führte.

Stachelrochen sind von Natur aus zurückhaltend.

Die Wahrscheinlichkeit, am Strand von Kapstadt von einem Hai angegriffen zu werden, ist sehr gering. Haie sind Wassertiere.

Der einzige Ringfisch mit Streifen ist der Ringstreifenfisch im Victoriasee. Der sibirische Streifenringfisch zählt, entgegen landläufiger Meinung, zu den sogenannten Zappelfischen.

Schabenfreude ist die schönste Freude!

Spinnen halten harmlose Laubfrösche für die gefährlichsten Tiere der Welt.

Hufeisen gelten in Mitteleuropa als Glücksbringer. Jährlich werden aufgrund dieses Aberglaubens Abertausende von Pferden gewildert. Die Kadaver werden barbarisch verbrannt und die so gewonnenen Hufeisen auf Antikmärkten verkauft.

Krokodile sind einfacher von Alligatoren zu unterscheiden, als man denkt: Die einen haben kleine angelegte Ohren, die anderen große freischwingende.

Japanische Kaiserkois haben keine natürlichen Fressfeinde, weil sie so teuer sind.

Der Gepard war so lange das schnellste Säugetier, bis der Mensch das Auto erfand.

Feuerquallen erkennen ihre Babys aus bis zu zweihundert Kilometern Entfernung an der individuellen Lichtbrechung.

In Schweden wurden Rentiere dabei beobachtet, wie sie sich aus Ästen federnde Absprunghilfen bastelten, um über Flüsse zu springen. Der Grund: Wasser ruiniert die Frisur.

Der Hammerhai hat zwei Gehirne. Eines arbeitet, wenn er schläft, das andere arbeitet nie.

In Bolivien wohnt ein Flamingo, der 102 Jahre alt ist und im Zoo von San José de Maria steht. Zähne hat er keine mehr. In der Stadt nennt man ihn deshalb »der Opa auf dem einen Bein«. Zahlreiche Abzählreime über den gefiederten Methusalem erklingen täglich auf den Schulhöfen der streng katholischen Handelsstadt.

Piranhas können mehr als zwölf Stunden unter Wasser bleiben.

Hirsche sind am schönsten, wenn sie unbeobachtet sind.

Salamander haben vorne drei und hinten vier Zehen sowie an jeder Seite zwei.

Die Sprache der Tiere und Pflanzen

Jahrhundertelang ging man davon aus, dass nur der Mensch die Fähigkeit besitzt, zu sprechen. Doch seit einiger Zeit belegen immer mehr wissenschaftliche Untersuchungen, dass auch Tiere und Pflanzen innerhalb ihrer Art miteinander kommunizieren.
Hier sind ein paar Beispiele:

Hunde. Hunde sind die Sprachgenies unter den Tieren. Die geheimen Zeichen (sog. »tags«), die sie geschickt an Hauswände urinieren, um Artgenossen über Neuigkeiten aus dem Viertel zu unterrichten, sind hinlänglich bekannt. Aber die Tatsache, dass ein und dieselbe gebellte Silbe je nach Tonhöhe bis zu vierzig verschiedene Bedeutungen haben kann, zeigt die wahren Kommunikationsfähigkeiten der beliebten Vierbeiner.

Katzen. Viele Menschen halten das Miauen, Schnurren und Fauchen für die Sprache der Katzen, aber das sind nur Ablenkungsmanöver. Untereinander kommunizieren die sensiblen Stubentiger durch Kontraktion der Pupillen. Es scheint eine hochkomplizierte Grammatik zu geben, die noch kein Forscher entschlüsseln konnte, vor allem, weil Katzen grundsätzlich nicht an Experimenten teilnehmen.

Papageien. Bis vor einigen Jahren dachte man, dass Papageien nicht wirklich »sprechen«, sondern einfach die Laute der sie umgebenden Menschen imitieren,

›››

ohne deren Bedeutung zu verstehen. Mittlerweile weiß man, dass Papageien schon sprechen konnten, bevor es den Menschen überhaupt gab. Das zeigen Versteinerungen aus der vorletzten Eiszeit, bei denen vor Papageienschnäbeln kleine Sprechblasen gefunden wurden.

Bienen. Bienen leben in den kompliziertesten Sozialgefügen der gesamten Fauna. Allein die Organisation der hierarchisch geführten Mitglieder eines Bienenvolkes stellte Biologen so lange vor ein Rätsel, bis der Erfurter Jens Dopfner 2004 das Brummen der Bienen aufnahm und sechshundertfach verlangsamt wieder abspielte. Was er hörte, grenzt an ein Wunder: Bienen unterhalten sich »einfach« in der jeweiligen Landessprache, allerdings so schnell, dass das menschliche Ohr nur ein monotones Brummen wahrnimmt.

Tausendfüßler. Die große Pina Bausch bezeichnete den Tanz einmal als die ehrlichste Form der Kommunikation. Nach dieser Definition dürfte es Tausendfüßlern schwerfallen zu lügen, denn ihre Sprache besteht aus Abermillionen von festgelegten Tanzschritten. Am besten lässt sich dieses Phänomen mit der menschlichen Sprache vergleichen, wenn man sich die rechten Beine als Vokale und die linken als Konsonanten vorstellt, wobei der Vergleich irgendwie hinkt.

Korallen. Korallen sind entgegen weitverbreiteter Vorstellung keine Pflanzen, sondern Tiere, und auch sie haben im Laufe der Evolution eine Sprache entwickelt.

>>>

Wobei »Sprache« vielleicht ein bisschen hoch gegriffen ist. Korallen sind nämlich eher schlichte Gemüter. Eigentlich besteht ihr Vokabular, das sie durch leichte Drehbewegungen generieren, nur aus zwei Wörtern: nein und vielleicht.

Mücken. Mücken sind Parasiten durch und durch. Dass sie sich ausschließlich von fremdem Blut ernähren, reicht ihnen offenbar nicht. Auch ihre Kommunikation basiert auf einem parasitären Prinzip und ist damit einzigartig auf der Welt. Am besten veranschaulicht dieses Prinzip ein Beispiel: Zwei verfeindete Mücken sind im Schlafzimmer eines Menschen. Die eine will zur anderen sagen: »Hau ab, du verdammtes Drecksvieh.« Weil sie selber aber nicht reden kann, sticht sie einfach den Menschen, der sodann den gewünschten Satz stellvertretend ausspricht. Die andere Mücke nimmt dies wahr und antwortet: »Wie ich dieses Biest hasse!« Ebenfalls durch einen Stich in den Menschen, der jetzt den Satz für die andere Mücke sagt.

Birken. Birken unterhalten sich über die schwarzweiß gescheckte Färbung ihrer Rinde. Das ist ein schönes System, aber leider auch extrem langsam. Um etwa einfach »Hallo« zu einem benachbarten Baum zu sagen, braucht eine Birke circa drei Monate für die entsprechende Rindenpigmentierung. Längere Sätze, wie zum Beispiel: »Vorsicht! Hinter dir! Motorsäge!«, dauern so lange, dass es noch keine Birke geschafft hat, sie zu Ende zu sprechen.

AUSSCHNEIDEN UND BEHALTEN

Es gibt Amseln, die sich als Bauarbeiter verdingen. Sie helfen anderen Vögeln beim Nestbau und werden dafür mit Würmern entlohnt.

Das Wappentier der Seeadler ist eine Maus.

Bei Fledermäusen gibt es 400 verschiedene Blutgruppen. Deshalb sind Organspenden keine Option.

Wenn Hamstern ein Bein bricht, wächst es innerhalb von drei Minuten wieder zusammen.

Unter Pinguinen gelten Augenringe als Zeichen von Weisheit und Wohlstand.

Viren haben kein Herz.

Vor diesen Plastikraben, die Tauben vertreiben sollen, haben diese keine Angst. Sie haben einfach Respekt vor den Menschen, die sie aufstellen.

Heuschreckenschwärme sind der festen Ansicht, sie täten der Menschheit einen Gefallen.

Im japanischen Osiku lebt ein Hund, der zählen kann. Sogar besser als die meisten Bewohner des Dorfes. So zählt er seit 2005 die Stimmen der jährlichen Wahl zum Schneekönig aus. Glück scheint er auch zu bringen: Die Wahl hat seitdem immer das Herrchen des Hundes gewonnen.

Nilpferde trinken bis zu achtzig Liter Wasser am Tag. Den Großteil schlucken sie dabei versehentlich hinunter.

Marienkäfer können nur ihre Vorderbeine sehen.

Lachse entwickelten vor Urzeiten deshalb Kiemen, weil sie sich zu Lande auf den steinigen Pfaden oft den Bauch blutig rieben.

Wenn man Emus genau zwischen die Augen guckt, werden sie von einem Juckreiz unter den Flügeln geplagt.

Die größte Eiche der Welt steht im schwedischen Malmanö. In ihrem Stamm befinden sich ein Parkhaus, eine Indoor-Golfbahn und ein Unterwasserhotel.

Fische sehen alle gleich aus. Sie unterscheiden sich lediglich in Größe, Form und Farbe.

Schildkröten werden zwar genauso häufig auf Autobahnraststätten an der Leitplanke angebunden wie Hunde, können aber meistens den Kopf aus der Schlinge ziehen.

Der Größenunterschied zwischen Penis und Schienbein ist bei keinem anderen Säugetier so ausgeprägt wie beim Gnu.

In Bonobo-Populationen steht Sex an oberster Stelle. So unterscheiden sich die drolligen Äfflein vom Menschen nur durchs Fell.

Die älteste Eintagsfliege ist drei Tage alt und lebt in der chinesischen Hu-Yang-Provinz hinter dem Abort eines alten Klosters.

Bei Dromedaren sieht man von außen nur etwa zehn Prozent des Höckers.

Rosen können sich selbst nicht riechen. Schon schade.

Pflanzen bewundern Menschen für ihre Fähigkeit, Sauerstoff in Stickstoff zu verwandeln.

Wenn es ganz still ist im Wald, singen die Bäume das Lied der Photosynthese.

Ameisen können das Zehnfache ihres Gewichts tragen. Die gute Nachricht für die Menschheit ist, dass sie so leicht sind. Wären sie schwerer, könnten sie Autos wegtragen.

STADT, LAND UND FLUSS

AUS DER SICHT VON SCHRÄG HINTEN

Sag mir, woher du kommst,
und ich sage dir, wo du herkommst.

*Wenn man im Winter Pinguin-Dokus
auf arte bei offenem Fenster in Daunenjacke
und Pudelmütze durch ein Fernglas schaut,
fühlt es sich an, als wär man bescheuert.*

Das portugiesische Sandrino ist die Stadt mit den meisten Tennisplätzen pro Einwohner auf der ganzen Welt. Der Grund: Die Tennisplätze werden dort hergestellt.

Wenn man im italienischen Firento einen »Doppio« bestellt, kommt ein Taxi.

Die Straßenbahn in Sarajevo hat drei Schienen.

Yakutsik in Sibirien ist die kälteste Stadt der Welt. Die Kühlschränke werden mit Kohle geheizt, und die öffentliche Sauna schafft es gerade mal auf fünfzehn Grad.

Isländerinnen sehen aus wie schöne Norwegerinnen.

Entenhausen gibt es wirklich. Und zwar in Neuseeland. Doch auf Donald Duck und Co. werden die Einwohner – ausschließlich Nachfahren deutscher Einwanderer – nicht gerne angesprochen. Denn der ungewöhnliche Name des Hafenstädtchens ist älter als Walt Disney und geht zurück auf den protestantischen Bischof Adalbert Enthenau.

Japaner haben ein Enzym, das Alkohol abbaut. Deshalb werden sie nicht besoffen.

Das Great Barrier Reef in Australien zählt zu den größten von Menschen gebauten Unterwasser-Kultstätten. Seit Tausenden von Jahrzehnten pilgern Gläubige zu der sagenumwobenen Zauberlandschaft in Neptuns Reich.

In Oregon durfte man bis 1956 Bratpfannen in der Öffentlichkeit nur in einer Ledertasche transportieren.

Der größte Kronleuchter der Welt hängt in Moskau, der teuerste in Dubai und der schönste in Paris.

In Utah gibt es immer noch ein Gesetz, das jeden Barbetreiber dazu verpflichtet, so ein Dingsbums zum Pferdeanbinden vor der Tür bereitzuhalten.

In Vietnam dürfen Frauen am Tag der Hochzeit nicht Busfahren. »Bus« klingt nämlich auf Vietnamesisch so ähnlich wie »Scheidung«.

In Las Vegas gibt es ein Spielkasino für Hunde. Der Eintritt ist ab drei Jahren.

Beim traditionellen Almauftrieb in der Schweiz muss stets ein Kind alleine im Dorf zurückbleiben. Das sogenannte »Krünklikindli« steht symbolisch für die Krankheiten, die den Kühen nicht auf den Berg folgen sollen. So traurig das klingen mag: Die Rolle ist äußerst beliebt. Denn das Kind darf fernsehen und kriegt Süßigkeiten, während die anderen unter lautem Glockengetöse zu Fuß auf den Berg wandern müssen.

China ist für viele das größte Land der Erde.

In Wien steht das größte Riesenrad der Welt. Es ist knapp acht Meter hoch, fasst achtzig Personen, und eine Umdrehung dauert zehn Tage. Die Einheimischen kennen viele verrückte Anekdoten aus dem bezaubernden Fahrgeschäft, verraten sie aber nicht.

Der Burrungubugge River in Australien ist der kürzeste Fluss der Welt. Genau genommen ist er der einzige Fluss, der breiter als lang ist. Darin wohnt ein alter Aal, der von der Quelle bis zur Mündung reicht.

Die bedeutendsten Bauwerke der Menschheit

Tojad Venji in Pakistan

Gebaut im Jahre 1904 unter englischer Besatzung, besticht dieser Tempel der pakistanischen Sikh durch seine zeitlose Schönheit. Die dreiflügelige Marmortür ist genau da, wo die Sonne reinscheint. Ein Meisterwerk!

St.-Anna-Kapelle Krefeld

4000 Jahre alt und komplett aus abgebrannten Streichhölzern. Das muss dem Krefelder Kardinal Kohlhobel erst mal einer nachmachen! Einmal hat es gebrannt in der Kirche, aber die freiwillige Feuerwehr konnte Schlimmeres verhindern. Die Löschwasserschäden sieht man nur, wenn man auf dem Hochaltar steht.

Mill's Theatre in Norfolk

Es diente einst als Inspiration für das berühmte Globe Theatre, aber das Mill's Theatre ist eine Stufe raffinierter. Bei Fertigstellung war es nicht nur das größte Theater der Welt, sondern auch das erste mit einer Drehbühne, die durch drei riesige Zahnräder im Bauch des Kulturtempels einzig durch Kerzenkraft angetrieben wurde.

Denver Highway Interchange

Ein Autobahnkreuz als wichtiges Bauwerk? Wenn man vom Pacific Coast Highway auf die Interstate 4 abbiegt, merkt man nicht unbedingt, wie viel technische Raffinesse hinter dem Bau steht. Aus der Luft erkennt man aber deutlich den Goldenen Schnitt.

›››

Nexus Tower in Vancouver
Ingenieurskunst auf höchstem Niveau. 400 Stockwerke stehen auf einem Fundament, so groß wie ein Carport. Möglich wird dieses Wunder durch modernste Falsettebautechnik, die durch die Korbflechtereien der Nihok-Indianer inspiriert wurde.

Great Hall in New York
Kulturwissenschaftler sind sich einig: Kein öffentliches Gebäude der Welt hatte mehr Einfluss auf die Kultur des 20. Jahrhunderts als die Great Hall in New York. Bürgermeister Bill Quimby sagte schon bei der Eröffnung des legendären Backsteinbaus: »Diese Steine sind mehr als wie nur Steine.«

Die weiße Kathedrale in St. Petersburg
Wenn man die weiße Kathedrale in einer der langen Petersburger Winternächte sieht, stockt einem der Atem. Sternförmig laufen sieben Alleen auf das 1874 von Maximilian Schenkel entworfene Gotteshaus zu. Das schlicht weißgekalkte Innere der heutigen Moschee bildet einen harmonischen Kontrapunkt zu den Regalen mit den Schuhen, die man herausziehen muss.

Flatline (Hochbahn) in Accra, Kenia
Auf einer Länge von vierunddreißig Kilometern schlängelt sich die längste funktionierende Hochbahn der Welt durch die Megametropole. Millionen von Pendlern nutzen die in den 60er Jahren des letzten Jahrhunderts von einer Schweizer Seilbahnfirma konstruierten Trassen, um von den Vorstädten in die Innenstadt zu gelangen.

>>>

»Eisenpimmel« nennen die Accranesen ihre Flatline liebevoll.

Das Pentadrom in Wien
Wenn an jedem 7. September die erste Staffel der Wiener Hofreitschule durch das Pentadrom galoppiert, schauen bis zu 20.000 Wiener diesem Spektakel in Europas ältestem Rundbau zu. Seit seiner Renovierung im Jahre 1984 befinden sich die Damenklos nicht mehr im Keller.

Die Larrington-Bridge in Alaska
Die einzige Brücke der Welt, die komplett aus Eis besteht. Wer einmal die Gelegenheit hatte, dieses Wunderwerk in einem Truck zu überqueren, kann sich glücklich schätzen. Aus Umweltschutzgründen dürfen im Jahr nur vier Trucks die Brücke überqueren, die Cold Harbour mit Seaberry verbindet.

Das Grand Casino auf dem Mond
Das wohl spektakulärste Bauwerk der Menschheit ist das 3.000 Quadratmeter große Casino im futuristischen Cabalo-Stil, das sich terrassenartig an die schroffen Außenwände des C3-Kraters auf dem Mond schmiegt. Die Pläne stammen von Le Barbusier. Die Besonderheit: Das gesamte Gebäude ist aus Mondstein gebaut, ein Material, das sich auf der Erde keiner leisten könnte. Die Bauzeit betrug lediglich zwölf Stunden, wegen der geringen Schwerkraft. Von der Erde aus kann man das Casino leider nicht sehen, weil es auf der anderen Seite liegt. Leider gibt es keine Fotos von dem Gebäude. Das Fotografieren ist streng verboten.

AUSSCHNEIDEN UND BEHALTEN

Der größte Golfplatz der Welt liegt bei Mendoza in Argentinien. Die Löcher erstrecken sich auf einer Länge von 240 Kilometern und sind mit einer Magnetschnellbahn verbunden.

In Genf befindet sich unter jedem Gullydeckel ein kleiner Diamant.

Während man in Deutschland im Straßenverkehr nur hupen darf, um auf eine Gefahr hinzuweisen, darf man es in Italien auch, um Freude, Sehnsucht oder Langeweile auszudrücken.

In Finnland läuft die Sache mit der Sonnenenergie nur so larlar.

In Australien ist die nächste Schule manchmal so weit von der elterlichen Farm entfernt, dass die Kinder nicht zur Schule gehen müssen. Sie nehmen dann den Bus.

Wenn man auf den Philippinen eine Gabel fallen lässt, hebt man sie wieder auf.

In Holland gibt es in jedem Hotel zwei Zimmer mit der Nummer 102. Eines wird normal vermietet, das andere muss immer (!) für die Königin frei gehalten werden. Die Zimmernummer steht für den 10.2.1618, als Königin Wilhelmine II. in Lijden (Südholland) eine Wagenpanne hatte und kein Hotelzimmer fand. Am nächsten Tag erließ sie das Gesetz, das bis heute Gültigkeit besitzt. Tatsächlich umgehen viele v. a. kleinere Hotels die Vorschrift, indem sie einer Abstellkammer im Keller die Nummer 102 geben.

Wenn man in England sein Handtuch auf eine Liege legt, bedeutet es, dass man inkontinent ist.

In Ungarn wird bei Friseuren der erste Kunde des Tages kostenlos behandelt. Die Tradition ist bekannt unter dem Namen »Redjeki« und bedeutet in etwa »die Schere warm machen«.

In China gibt es siebenundzwanzig Millionenstädte, in denen noch nie jemand war.

Im Senegal gilt es als unfreundlich, einem Fremden gegen das Schienbein zu treten.

Im österreichischen Gasteeg gibt es keine Schlösser in den Haustüren. Ursprünglich war dies ein Versuch, der in den späten Siebzigern vom Soziologischen Institut der Wiener Uni gestartet wurde. Der zuständige Dozent nahm allerdings kurzfristig einen Lehrauftrag in Boston an und vergaß, den Versuch zu beenden.

In der Sowjetunion durfte man Polizisten »Arschloch« nennen. Es sei denn, sie waren in Hörweite.

Im österreichischen Fucking sind die Ortsschilder so oft gestohlen worden, dass sie verplombt werden mussten. Den Grund für das große Interesse vermuten örtliche Behörden darin, dass man durch das Entfernen der ersten drei Buchstaben ganz einfach ein Schild mit dem Wort »king« (engl. für König) erhält.

Wenn in Panama ein neuer Aufzug eingeweiht wird, macht die erste Fahrt ein Schwein.

In Burma waren während der Brahmi-Regierung Primzahlen verboten.

Spezial Kapitel

Andere Länder, andere Sitten

Frankreich

Frankreich ist aufgeteilt in sechzig verschiedene Depardieus. In der Mitte liegt Paris, der Rest ist egal. Außer der Côte d'Azur, die ist auch wichtig, denn hier liegt Cannes, eine Kleinstadt, benannt nach den wichtigsten Filmfestspielen in der gesamten Region. Es gibt sehr witzige Anekdoten aus Cannes: Zum Beispiel hatte man im Jahr 1962 keine Leinwand, da wurde kurzerhand das gesamte Programm auf Alfred Hitchocks Arsch projiziert. So etwas konnte man damals noch bringen, ohne dass es am nächsten Tag gleich in der Zeitung stand. Getreu dem uralten Cannes-Motto: »Was in Cannes passiert, bleibt in Cannes.«

Wie gesagt, eigentlich geht es in Frankreich um Paris. Paris ist teuer. Ein kleiner Kaffee kostet vierzig Euro. Die Mona Lisa hängt auch in Paris. Im Centre Pompidou, das Niki de St. Phalle für die EM 1972 als Umkleidekabine gebaut hat. Täglich gucken 20.000 Touristen das Gemälde an. Was viele Kunstbanausen nicht wissen: Der beliebte Ölschinken ist kaum größer als eine Briefmarke. Deshalb kann immer nur einer gleichzeitig das Bild angucken, manchmal muss man bis zu zwei Wochen vor dem Museum in der Schlange stehen. Aber es lohnt sich. Der Eiffelturm ist eine Schenkung der Amerikaner zur

Revolution. Die fand auch in Paris statt und ebnete den Weg in die Moderne. Die Franzosen sind so stolz darauf, dass sie es nicht für nötig halten, zu duschen. Stattdessen – das muss man ihnen lassen – benetzen sie ihre Ohrläppchen mit Eau de Toilette, was so viel heißt wie *Toilettenwasser.*

Italien

Italien ist ein Familienland. Nichts ist dort wichtiger als La Famiglia. Aber da redet man nicht gerne drüber. Trotzdem: Mama ist die Beste. Und Essen das Wichtigste. Aber halt: Erst mal einen Espresso. Und das ist kein Espresso, wie man ihn in Deutschland beim Lidl-Bäcker kriegt. Das ist eine eigens gezüchtete Röstbohne, die mit 600 Bar bei 4000 Grad durch ein altes Fahrradventil geschossen wird. Herrlich!

Auch Pizza ist in Italien etwas völlig anderes. Für unsere Pizza würde uns ein Italiener auslachen. Die originale Napoli-Pizza zum Beispiel ist ein Stück Weißbrot vom Vortag mit etwas Olivenöl und einer Tomate drauf. Nudeln werden traditionell als Nachspeise (secondo platini) gereicht und dienen oft eher als Aschenbecher.

Die Staatsform von Italien ist stiefelförmig. Die Regierung wechselt alle drei Wochen. Außer sie wird wegen Korruption vorzeitig aufgelöst.

Spanien

Spanier sind temperamentvoller als normale Menschen. Der Grund: Ihre Körpertemperatur liegt um ein Grad höher. Das hört sich nicht nach viel an, ist aber aus medizinischer Sicht ein ständiges Alarmsignal für den

Körper. Dieses eine Grad zu viel macht die Spanier zu todesmutigen Tänzern, denen alles egal ist. Sie machen Stiere und Tierschützer vorsätzlich so wütend, bis sie um ihr Leben rennen müssen. Das ist der Kick, den der Spanier sucht. Er mischt Rotwein mit Cola, nur um die französischen Nachbarn auf die Palme zu bringen. Großraumdiscos, Prügeleien und Touristen hat der Spanier auf die vorgelagerten Inseln verbannt. Barcelona ist immer eine Reise wert. Tipp: Ersatz-Portemonnaies nicht vergessen.

Portugal

Portugal ist eine alte Seefahrernation. Das merkt man zuerst an der Sprache. Portugal ist das einzige Land in Europa, in dem brasilianisch gesprochen wird. Die Sprache hat Columbus, der bekannteste Portugiese, von einer Kreuzfahrt mitgebracht. Weil der Portugiese von Haus aus aufs Meer gehört, ist er an Land immer traurig. Die Traurigkeit – bei uns als Depression bekannt – überlebt er mit Hilfe des »Fado«, einer musikalischen Mischung aus lebensverneinenden Texten und missglücktem Suizid. Fisch kann der Portugiese gut. Fußball ganz okay. Portugal wird oft mit Argentinien verwechselt.

Holland

Holland heißt eigentlich »die Niederlande«. Aber das klingt ein bisschen zu traurig. Holland liegt einen Meter unterhalb des Meeresspiegels hinter einem fünf Meter hohen Damm. Die Hauptstadt ist nicht – wie man denken würde – Amsterdam, sondern Antwerpen. Es ist kein Geheimnis, dass die Holländer megaviel kiffen. Deshalb ist ihre Küche schlecht, aber schnell und schön fettig.

Stichwort: Fressflash. Weil sie zu bekifft zum Autofahren sind, fahren alle auf Fahrrädern, die deshalb auch als Hollandräder bekannt sind. Holländer, die zu bekifft zum Radfahren sind, rollen als Touristenattraktion auf übergroßen Käselaiben durch die Stadt.
Früher waren die Holländer mal eine Weltmacht mit kolonialem Besitz auf dem gesamten Erdball. Davon zeugen noch heute kiffende Inselstaaten wie Jamaika.

Schweiz
Die Schweiz ist das beste Land der Welt. Alle sind megareich, happy und sprechen mehrere Sprachen. Die Städte sind total schön. In jeder Stadt gibt es einen See in der Mitte, und vom Ufer aus sieht man Altstadt, See und schneebedeckte Berge gleichzeitig. Jeder Schweizer kriegt zur Geburt eine Breitling-Uhr im Wert von einer Million Schweizer Franken, das sind umgerechnet fast 400 Millionen Yen.
Schweizer sind in der ganzen Welt gerngesehene Gäste. Sie haben kein (richtiges) Militär und hatten noch nie im Leben Streit mit einem anderen Land.
Wenn Schweizer ein neues Gesetz brauchen, stimmen alle friedlich miteinander darüber ab. Die Schweiz ist die einzige wirkliche Demokratie in Europa. Und damit das so bleibt, dürfen keine Ausländer ins Land.

Belgien
Belgien ist Sitz der UN, weil Brüssel genau in der Mitte der Erde liegt und so alle Staaten einen gleich weiten Weg dorthin haben. Die Belgier haben gute Biere und sehr gute Pommes. Und Waffeln und Konfekt. Es gibt

aber auch böse Vorurteile gegenüber Belgiern, zum Beispiel, dass sie ihre Kinder nicht aus dem Kindergarten abholen. Da ist aber nichts dran, denn viele belgische Kinder gehen gar nicht in den Kindergarten.

Dänemark

Dänemark ist eine exterritoriale Enklave von Grönland. Es gibt 50 Wörter für Schnee, aber keinen Schnee. Bekannt geworden ist das Land durch Hape Kerkeling. Im Osten wird Dänemark von der Ostsee begrenzt, im Westen komischerweise von der Nordsee. Was im Norden und Süden ist, weiß keiner. Auch die Hauptstadt ist nicht bekannt. Der europäischen Währungsunion trat das wackere Königreich nicht bei, um eine Umbenennung in »Däneeuro« zu verhindern.

Finnland

Finnland ist so lustig. Alkohol voll teuer, aber trotzdem gerne genommen. Halbes Jahr Winterdepressionen, den Rest des Jahres schlecht gelaunt, weil's nicht richtig dunkel wird. Die Finnen heißen eigentlich Lappen. Sie gehen in die Sauna und lassen sich dort mit Ästen schlagen. Immer noch besser, als alleine im Bett zu liegen. Sie ernähren sich von Rentierfleisch, das dort als Lebensmittel gilt.

Norwegen

Norwegen ist das längste Land Europas. Es geht von Stockholm hoch bis zum Nordpol. Lachse kommen häufig vor, aber selten zurück. Bären und Wölfe sind ausgestorben. Die Norweger sind ein technikbegeister-

»»

tes Land. Drei von vier Norwegern haben ein eigenes Mobiltelefon. Ja, es gibt tatsächlich nur vier Norweger. Darum ist das Land das am dünnsten besiedelte Land der ganzen Welt. Der nächste Nachbar wohnt vier Eisenbahnstunden entfernt. Leider fährt keine Eisenbahn.

Schweden

Schweden ist bekannt für Abba und Ikea. Beide haben es geschafft, den Mainstream massenkompatibel zu machen. Aber Abba haben sich aufgelöst, nachdem herauskam, dass sowohl Björn als auch Ben jahrelang davon ausgingen, das erste B im Bandnamen zu sein. Bei der Trennung hat jeder für seinen Buchstaben 55 Milliarden Dollar gekriegt. Schweden ist auch die Heimat von Michael Ende, der mit seiner Tigerente weltweit Kinderaugen mit Glanz gefüllt hat.

Österreich

Österreich ist die Wiege der Klassik. Beethoven swingte hier im Dreivierteltakt. Salzburg ist Mozarts Geburtsstadt, noch immer prägt der Mann das Straßenbild. Falco war ein direkter Nachfahre Mozarts. Aber: So wie Falco sind alle berühmten Österreicher tot, daher auch der morbide »Wiener Schmarrn«, der sich allabendlich über das Land legt und nur selten den Blick auf die Sonne freigibt. Die noch lebenden Österreicher sind Ski- und Snowboardlehrer und naturgemäß gut durchblutet. Sie hassen die Deutschen und nennen sie »Schluchtenscheißer«. Die Hauptstadt Wien ist die Wiege des Kaffees. Von dort nahmen die Türken, die mit einem Elefanten über den Brenner kamen, ihre ersten Kaffeebohnen mit

»»

nach Istanbul. In Österreich gibt es die strengsten Alkoholgesetze in ganz Europa: Alkoholische Getränke müssen über dreißig Prozent Alkohol enthalten und dürfen nur vor, nach oder während des Skifahrens konsumiert werden. Diese Regeln umgehen die Österreicher gerne, indem sie vor die Bars ein Schild mit der Aufschrift »Après-Ski« hängen.

England

Offiziell besteht England aus vier Teilen, bzw. mit Falkland fünf. Es sind Schottland, Irland, Großbritannien und Wales. Die Bevölkerung ist in zwei Klassen unterteilt: working class und upper class. Working class sind die Arbeitslosen, upper class die Reichen, die nicht arbeiten müssen.

Geführt wird der Staat von einer Königin mit einem gelben Hut statt einer Krone.

Bei den Engländern ist durch die Insellage und das schlechte Wetter (seit über 160 Jahren Nieselregen) die Genetik etwas ins Hintertreffen geraten. Die beiden Hirnhälften sind vertauscht. Das klingt schlimmer, als es ist. Die meisten einfachen Tätigkeiten fallen dem Engländer nicht schwerer als normalen Menschen. Im Verkehr wirkt sich die Vertauschung am verheerendsten aus. Hier wurde rechts und links so oft verwechselt, dass die Königsfamilie kurzerhand auf Linksverkehr umstellen ließ. Konkret heißt das, man fährt in der Mitte der Fahrbahn, weicht aber bei Gefahr nach links aus.

Auch die Geschmacksnerven haben unter der Genverschiebung gelitten. Eigentlich befinden sie sich rechts unten im Gehirn, aber dieses Areal braucht der Engländer zum Wetten. Für den Geschmackssinn benutzt der Engländer den gleichen Hirnbereich wie zum Singen. Das ist gut für die Musik, aber schlecht für die Küche. Im Humor und Fußball sind die Engländer am besten, nicht umsonst haben sie beides erfunden. Sie können über alles lachen, außer über Fußball.

Griechenland

Die Griechen haben vor zweitausend Jahren die Demokratie erfunden. Viel mehr konnten und wollten sie für die Welt nicht tun. Sie leben immer noch von den Tantiemen. In letzter Zeit mehr schlecht als recht. Sie waren die Ersten, die antike Ruinen gebaut haben. Die Akropolis gibt es als griechisches Restaurant in aller Welt.
Die Griechen trinken gerne Usus, und wenn sie nicht mehr stehen können, fangen sie an zu tanzen. Am liebsten im Kreis mit den Armen auf den Schultern der Nachbarn. So haben alle Spaß und keiner kippt um. Nach diesem Prinzip funktioniert übrigens auch das griechische Finanzsystem.

Türkei

[redacted] traumhafte Strände [redacted] und Christoph Daum.

»›

USA

Die USA bestehen aus zwei Teilen: den Nord- und den Südstaaten, die sich nach einem erbitterten Kampf um die Sklaven erst 1901 zu den Vereinigten Staaten von Amerika zusammenschlossen. Das so entstandene Reich spannt sich zwischen Pazifik und Atlantis und ist damit das größte Land der Welt. So groß, dass man aus allen Erdteilen Menschen holen musste, um die Fläche halbwegs zu besiedeln.

Seit jeher leben die Amerikaner den Traum vom American Dream. Das bedeutet: Haus, Pool und Garten; und alles mit dem Auto erreichbar. Die Amerikaner sind in der Tat so autofixiert, dass sie meistens mit dem Auto bis in die Garage fahren können. Sie haben schöne Zähne und ein gepflegtes Äußeres. Sie sind zu jedem total nett, aber das meinen sie nicht so. Hauptstadt ist New York City, die größte Stadt der Welt. Dort finden am Broadway jährlich am vierten Juli die berühmten Oscarverleihungen statt.

China

Statistisch gesehen ist nur jeder vierte Erdenbürger Chinese. In China wird diese Zahl allerdings deutlich übertroffen. Das schaffte die kommunistische Regierung von Mao Tsetung durch die Ein-Kind-Politik. Die Chinesen wandern gerne. Sogar bei der Arbeit, deshalb gibt es den Beruf des Wanderarbeiters. Arbeiten, wie andere Urlaub machen. Der Chinese kann es sich erlauben. Seit die iPhones in China gebaut werden, geht es wirtschaftlich immer weiter bergauf. Die Städte werden immer größer und höher. Früher glaubte man,

»›

dass Chinesen Katzen und Hunde essen, doch heute weiß man es.

Japan

Japan ist das Land des Lächelns. Seine Bewohner sind klein und fleißig wie die Nacht. Wenn sich in Deutschland die Leute morgens noch mal umdrehen, ist in Tokio die Börse schon auf Berg- und Talfahrt. Arbeit ist das Wichtigste im Land der aufgehenden Sonne, das viele nur aus Kung-Fu-Filmen kennen. Wer keine Arbeit hat, bringt sich um oder verkleidet sich als Manga. Japaner essen gerne Fisch und werden deshalb nie alt. Sie sitzen beim Essen auf dem Boden, denn Tische sind dort gerade mal zehn Zentimeter hoch. Nach dem Essen gibt es Saki, und dann geht's zur Geisha. Geishas sind geschlechtslose Jünglinge, die voll hoch singen können. Keiner weiß, was sie mit einem machen, weil alles hinter so einer milchigen Papierwand mit Tigern drauf passiert.

Australien

Australien gab es erst gar nicht. Es wurde von britischen Gefangenen entdeckt. In England hatte man seinerzeit zu viele Gefangene, vor allem Hooligans, die Pyrotechnik ins Stadion geschmuggelt hatten. »Wohin mit denen?«, fragte sich Elisabeth I., und kam gleich darauf auf die Idee, sie in Dover auf ein Floß zu setzen und mit einem ordentlichen Stoß Richtung Nimmerwiedersehen zu verabschieden. Die Gefangenen waren aber zäher als gedacht und überlebten zwei Jahre auf hoher See. Eines Morgens kamen sie in Australien an. Die Ureinwohner

»»

staunten nicht schlecht. Nach einigen Schlägereien teilte man das Land auf. Die Gefangenen kriegten die Städte, die Ureinwohner teilten sich mit Emus und Kängurus das karge Outback, dessen rote Erde im Sommer tausend Grad heiß wird. Leider ist in Australien immer Sommer, weil es auf der Südhalbkugel liegt. Besonders sehenswert ist die »Australien Open«, ein spektakulärer muschelähnlicher Bau im Herzen der Hauptstadt Sydney.

Neuseeland

Neuseeland ist wie Irland, nur genau auf der gegenüberliegenden Seite. Es gibt auch sanfte grüne Hügel und Unmengen von Schafen. Das Land besteht aus zwei Hauptinseln, der Hauptinsel und einer anderen Hauptinsel. Die Bevölkerung besteht zu großen Teilen aus europäischen Abiturientinnen, die kein Visum für Australien bekommen haben und deshalb in Neuseeland ein Jahr work-and-travel machen. Bekannt geworden ist das kleine Feenreich dem breiteren Publikum vor allem durch die Harry-Potter-Filme, die alle dort gedreht wurden.

AUSSCHNEIDEN UND BEHALTEN

DEUTSCHLAND

AUS DER SICHT VON SCHRÄG HINTEN

Jedes Land hat die Adele, die es verdient.
Deutschland hat Helene Fischer.

Tom hat ihn sich erfüllt:
den deutschen Traum von den
eigenen vier Wänden.

Im schwäbischen Terlingen bei Stuttgart werden nachts tatsächlich die Bürgersteige hochgeklappt. So bleiben sie schön sauber.

In der Mainzer Fastnacht sieht man mehr Krankenschwestern in Katzenkostümen als Katzen in weißen Kitteln.

In Nürnberg muss man nicht lange einen Parkplatz suchen. Man kann sein Auto einfach irgendwo stehenlassen. Es wird dann von der Stadt an einen sicheren Ort gebracht, wo man es jederzeit abholen kann. Der Service ist kostenlos. Zahlen muss man lediglich eine Bearbeitungsgebühr von 220 Euro.

Köln hieß früher mal Königslinden. Die meisten Buchstaben wurden aber im Laufe der Jahre verkauft oder kamen auf anderen Wegen abhanden. Das »d« ist bis heute in Besitz des Erzbistums, das es an einem geheimen Ort aufbewahrt.

In Deutschland gibt es in privaten Haushalten genug Brotbackmaschinen, um die Weltbevölkerung von dem Erlös zwei Tage lang zu ernähren.

In Deutschland sind 144 Todesfälle bekannt, die sich während des Mensch-ärger-dich-nicht-Spielens ereigneten. In mehr als der Hälfte der Fälle lag der Verstorbene in Führung.

Traunsteidt im Harz ist die Heimat des »Jäckelns«. Beim Jäckeln werden nacheinander Westen (»Jäckeln«) in den Dorfbrunnen geworfen.

Sylt ist heute irgendwie anders als damals.

Im Bundesverkehrsministerium in Berlin steht im Keller eine Carrerabahn, die exakt dem deutschen Autobahnnetz im Maßstab 1 : 20.000 entspricht.

Der Kölner Dom wurde nach der örtlichen Dom-Brauerei benannt.

Der deutsche Wortschatz umfasst laut Duden etwa eine halbe Million Wörter. Weil es aber ca. 80 Millionen Deutsche gibt, kommt es so oft vor, dass Leute das Gleiche sagen.

Die längste U-Bahnlinie der Welt befindet sich nicht etwa in einer Metropole wie New York, Istanbul oder Tokio, sondern in der Eifel. Sie führt über eine Strecke von 98 Kilometern vom alten Bundeskanzleramt in Bonn bis in den ehemaligen Atombunker der Bundesregierung. Die einfache Fahrt kostete fünf Mark.

Das westfälische Städtchen Soest wird mit oe geschrieben, weil es sonst Sst hieße.

Nach Frankfurt an der Oder kommen mehr Touristen, die eigentlich nach Frankfurt am Main wollten, als solche, die wirklich nach Frankfurt an der Oder wollten.

In Deutschland müssen Makler Immobilien an Freimaurer geben, sofern sich ein solcher unter den Interessenten befindet. Bemerkbar machen sich die Geheimbündler durch ein Schnalzen beim Besichtigen des Badezimmers.

Im Weltall gilt die Straßenverkehrsordnung der Bundesrepublik Deutschland. Zumindest in dem Teil des Weltraums, der genau über Deutschland liegt.

Im Stadttheater Bielefeld kann man seinen Mantel kostenlos aufhängen. Der Haken: aus Messing.

Der Fußballplatz in Niederwitz im Allgäu ist quadratisch und damit nicht wettkampftauglich. Gespielt wird trotzdem. Und zwar Federball.

Die Schachteln, in denen das Bundesverdienstkreuz verliehen wird, werden in einer Gefängniswerkstatt in Stammheim gebaut.

KURZ NOTIERT

Fünf Salonnamen, für die sich selbst deutsche Frisöre zu schade wären

Alhaarm für Cobrhaar 11 – der Autobahnfrisör

Muhaarhaar – der Funfrisör

a-Haar – der Norwegen-Pop-Frisör

hair ab – thumbs up!

Mutti, er hat gar nicht gebohrt!

Senden an der Werne ist die Stadt mit dem geringsten Bekanntheitsgrad Thüringens.

Komisch. Der berühmteste Deutsche ist ein Österreicher.

Im Saarland klebt man Wurstscheiben von innen an die Fenster, wenn Zwillinge geboren wurden.

Der Pfälzer René Taube hat in einem Westerwälder Keller den Taunus aus Wollresten nachgebaut.

In etlichen Wohnungen der ehemaligen DDR befinden sich immer noch Tausende Wanzen aus Stasi-Zeiten. Die meisten sind allerdings schon tot.

Für Asiaten sehen alle Deutschen gleich aus. Und zwar wie eine Mischung aus Thomas und Ina Müller.

Ein Land aus Ländern

Obwohl Deutschland auf der Karte aussieht wie ein einziges Land, besteht es in Wirklichkeit aus mehreren Teilen, sog. Teilstaaten. Staatswissenschaftler sprechen von einer »Staatengemeinschaft«. Zusammengehalten werden diese Teile nur durch den einheitlichen Spritpreis und die Außengrenzen. Deutschland grenzt an insgesamt vier Staaten: Schweiz, Liechtenstein, Helgoland und – mit der größten gemeinsamen Außengrenze – an die EU. Früher war Deutschland noch in zwölf Fürstentümer aufgeteilt, aber das war die Pest. Überall verschiedene Feiertage und Briefmarken. Keiner kam klar. Man schlug sich regelmäßig mit Speeren auf die Köpfe. Zum Glück waren meistens Ritterhelme drauf. Bismarck hat das Land nach der Französischen Revolution geeinigt. Er führte Gurtpflicht und Rauchverbot in Schulen ein. Jeder Deutsche bekam einen Pass. Nach außen wird Deutschland durch die Fußballnationalmannschaft vertreten. Innere Angelegenheiten regelt die Politik in Berlin. Die einzelnen Bundesländer haben eigene Nummernschilder und Vorwahlen. Es gibt aber noch weitere Unterschiede, die in den nachfolgenden Abschnitten erklärt werden.

Bayern

Bayern ist das komischste Bundesland. Die Landschaft ist total schön und der Himmel blau. Es ist das einzige Bundesland, in dem man Ski fahren kann. Die bayerische Landesregierung sitzt in München im Biergarten.

›››

Das Parlament ist eine konservative Einparteiendiktatur, was sich schlimmer anhört, als es ist.
Die Biergärten sind eine bayerische Erfindung und total schön. München ist auch total schön und die reichste Stadt Deutschlands. Der örtliche Fußballverein hat noch nie verloren. Bis hierhin klingt alles toll, im Gegensatz zum bayerischen Dialekt. Der klingt ziemlich verwuchert. Die Stimmlappen und Kehlköpfe der Bayern mussten sich während der Evolution entscheiden: gut sprechen oder schnell trinken. Jetzt können sie halt schnell trinken. Müssen sie auch, in Bayern entspricht ein Glas Bier – auch »Wiesn« genannt – drei Flaschen Bier in der Realität. Bier ist das Lieblingsgetränk im Land. Dazu gibt es »O'zapft is«, eine Art eingelegter Käse mit Zwiebeln. Genetisch interessant sind die großen Brüste der Frauen und – als Pendant bei den Männern – die Lederhoden.

Nordrhein-Westfalen
Nordrhein-Westfalen ist das komischste Bundesland. Es ist ein künstlich geschaffenes Konglomerat aus der Nachkriegszeit. »Künstlich« im wahrsten Sinne des Wortes, denn es war Joseph Beuys, der die Landesgrenzen durch den Wurf eines Eimers zerlassener Margarine auf Löschpapier festlegte. NRW, wie es im Amtsdeutsch heißt, ist riesengroß, aber nicht so schön, weil es im Zweiten Weltkrieg von einer Bombe völlig zerstört wurde. Es gibt Städte wie Wuppertal, Hagen und Unna. Das Ruhrgebiet ist das Herzstück des Landes. Es ist der wirtschaftliche Motor und somit das Filetstück Nordrhein-Westfalens. Unter der Erde (»unter Tage«) werden

seit Jahrzehnten wertvolle Eisenerze gelagert, die nach und nach mit Loren von sogenannten Zechern (Bergarbeitern) abgeholt, zu Stahl verkocht und erfolgreich in alle Welt verschifft werden. Das Ruhrgebiet konnte so zu unermesslichem Reichtum kommen. In Städten wie Dortmund oder Duisburg gibt es Viertel, in denen kaum noch jemand arbeiten gehen muss.

Hessen

Hessen ist das komischste Bundesland. Keiner weiß genau, welche Städte und Landstriche dazugehören. Die ortsübliche Sprache ist eine Frechheit. Eine Frechheit, die in den 70er Jahren durch Heinz Schenk massenkompatibel wurde. Der Schwindel flog zum Glück schon nach zwanzig Jahren auf und ist jetzt wieder passé.
Frankfurt ist nicht nur die Hauptstadt von Hessen, sondern auch die einzige deutsche Stadt mit Hochhäusern. Deshalb wird Frankfurt oft Mainhattan genannt. »Main« ist nämlich hessisch und heißt Hochhaus. Die Hochhäuser sind alle nur bis in die zweite Etage bewohnt. Die oberen Etagen sind Geldspeicher der Europäischen Zentralbank, der alle Hochhäuser in Frankfurt gehören.

Baden-Württemberg

Baden-Württemberg ist das komischste Bundesland. Es besteht aus zwei Teilen, die sich spinnefeind sind: Schwaben und Baden. Wer diese beiden Menschenarten verwechselt, wird umgebracht. Oder im örtlichen Dialekt zurechtgewiesen. Für Außenstehende sind die beiden Gruppen kaum voneinander zu unterscheiden, denn sie sprechen genau gleich und sehen ungefähr gleich aus. Baden haben etwas weichere Gesichtszüge, dafür haben Schwaben kürzere Oberschenkelknochen, was man in ihren plumpen Bauernkostümen aber kaum sieht. Die tragen sie Tag und Nacht, denn Etikette wird hier großgeschrieben. Dazu gehört auch die berühmte Kehrwoche, ein Ritual, bei dem jeweils ein Hausbewohner den Bürgersteig auf Knien wienern muss. Vergisst man das, wird einem die Hand abgehackt. Mittlerweile zum Glück nur noch symbolisch durch Verweigerung des morgendlichen Grußes.

Rheinland-Pfalz

Rheinland-Pfalz ist das komischste Bundesland. Es besteht aus zwei riesigen Weinanbaugebieten, dem Rheinland und der Pfalz. Es gibt zwei Weinköniginnen, die sich um den einzigen Sitz im Parlament streiten.
Die Pfalz ist total unheimlich. Ein dunkles Waldgebiet mit ängstlichen, verschrobenen Bewohnern. Für Genforscher allerdings ein Paradies. Nirgendwo sonst gibt es einen Genpool, der seit 4000 Jahren unverändert ist.

Saarland

Das Saarland ist ein Witz. Eine Zumutung. Ein Affront. Es fiel an Deutschland, als Kohl in der Sauna eine Wette gegen Mitterand verlor. Worum es in der Wette ging, hat Kohl nie verraten. Der einzige Nutzen dieses strukturschwachen Niemandslandes ist, dass es sich gut als Größenvergleich bei Katastrophen gebrauchen lässt. Beispiel: »In Kalifornien ist über Nacht bei einem Waldbrand das halbe Saarland den Flammen zum Opfer gefallen.« Oder: »Jährlich wird am Amazonas zweimal das

Saarland für Palmölplantagen gerodet.« Manche sagen, diese Katastrophen würden nie passieren, wenn es das Saarland nicht gäbe.

Bremen

Bremen ist das kleinste Flächenland. Es ist so klein, dass die Tiere früher gestapelt werden mussten. Daran erinnert heute noch ein bronzener Tierstapel auf einem Marktplatz. Die Hälfte der Bremer Bevölkerung lebt vom Schiffsfang.

Hamburg

Auch Hamburg ist ein eigenes Bundesland. Früher war Hamburg die Hauptstadt der Hanse, einer Insel, die im Meer versunken ist. Die Hanseaten waren gnadenlose Kaufleute, die es wie kein anderer verstanden, Reichtümer in Speichern zu horten. Dazu bauten sie ganze Speicherstädte. Heute ist Hamburg Musical-Stadt und vermarktet sich selber als »Tor zur Welt«. Fun fact: Auf dem Wappen ist das Tor zu.

Mecklenburg-Vorpommern

Mecklenburg-Vorpommern lag früher in Ostpreußen, wurde aber durch Abrieb der Ostsee nach links gespült. Die letzten Bewohner in dem Bundesland sind Rehe und Otter. Städte gibt es nicht, WLAN auch nicht. Es gibt nur eine einzige Straße, die allerdings nach Polen führt.

Schleswig-Holstein

Schleswig-Holstein ist ein Bauernstaat. Er besteht aus den Städten Schleswig und Holstein und den Wiesen

»»

dazwischen. Er wird oft mit Niedersachsen verwechselt. Wenn überhaupt. Die Einwohner sind mürbe, beinahe regungslos und hören Format-Radio. Autos gibt es nicht, Trecker darf man ab zwölf ohne Führerschein fahren. Ab achtzehn dann mit. Achtung: Nicht verwechseln mit Manuela Schwesig.

Niedersachsen
Neben Sachsen und Sachsen-Anhalt ist Niedersachsen das dritte sächsische Land. Neunzig Prozent des Landes gehören VW. Und umgekehrt. Die hässlichsten Städte sind Braunschweig, Wolfsburg und Hannover. Zugegeben, es sind auch die einzigen Städte.

Sachsen-Anhalt
Sachsen-Anhalt ist ein voll komischer Name. Das Bundesland ist so etwas wie die letzte Ausfahrt vor Sachsen. Daher der Name.

Thüringen
Thüringen ist geformt wie eine Wurst. So kam das Land zu seinem Namen. Keiner weiß genau, wo Thüringen eigentlich liegt. Vom Weltraum aus erkennt man nur die Wurst.

Sachsen
Sachsen liegt zu hundert Prozent in Sachsen, das ist ja das Problem. Die alten Menschen reden komisch und sind unhöflich, die jungen Sachsen nehmen Crystal Meth, das sie steuerfrei in Tschechien einkaufen, und reden deshalb auch komisch. In einem historischen Ge-

»»

>>>

bäude in Dresden gibt es den größten Swingerclub der Welt.

Berlin
In Berlin sitzt die zentrale Regierung von Deutschland. Von hier aus wird das Land gelenkt. Um den Bundestag, den Sitz der Kanzlerin, gibt es eine Bannmeile. Sie ist so gut gesichert wie ein Toilettenschlüssel an der Tankstelle. Die Berliner sind sehr arm und unhöflich. Sie tragen altmodische Frisuren und Secondhand-Klamotten, und ihre Fahrräder haben keine Gangschaltung. Weil es deshalb so einfach ist, der Coolste zu sein, entwickelte sich die Metropole zu einem Magneten für Narzissten und Koksdealer aus aller Welt.

Brandenburg
Brandenburg ist eine Erfindung von Rainald Grebe.

AUSSCHNEIDEN UND BEHALTEN

POLITIK UND GESCHICHTE

AUS DER SICHT VON SCHRÄG HINTEN

Politiker sagen am Ende
eines Satzes so oft »nicht wahr«,
weil das, was sie sagen, nicht stimmt.

1000 ganz legale Steuertricks:
No. 172: Selbstmord

Julius Caesar ließ sich jeden Tag ein neues Paar Sandalen schustern. Die alten verschenkte er an Waisenhäuser, in denen die Kinder mit den Ledersohlen geschlagen wurden.

Napoleon konnte nur Feldzüge gewinnen, wenn ihm jemand dabei zusah.

Winston Churchill hatte drei Augenbrauen: eine rechts, eine links und eine auf der Oberlippe, die er allerdings immer abrasierte.

Auf der untergegangenen Insel Atlantis mussten homosexuelle Paare keine Steuern zahlen. Sie wurden enthauptet.

Die CDU-Politikerin Rita Süssmuth setzte sich hinter den Kulissen während ihrer gesamten Karriere für die Einführung des sogenannten Dezimal-Alphabets ein, das sie in jahrelanger Heimarbeit selbst entwickelt hatte. Dieses auf zehn Buchstaben verkürzte Alphabet sollte nicht nur Kinder schneller lesen lernen lassen, sondern durch die geringere Zahl benutzter Buchstaben auch die Kosten für Druckerzeugnisse deutlich senken. Auf viel

Zuspruch stieß die Wahlbonnerin damit nicht. Im Gegenteil, sogar in der eigenen Fraktion wurde sie für diese Idee immer wieder belächelt.

Man hätte den Zweiten Weltkrieg verhindern können, wenn man den Ersten Weltkrieg anders genannt hätte.

Die Geschichte der CDU ist eng mit der Geschichte der Bundesrepublik verknüpft. So gab es nach dem Zweiten Weltkrieg etliche Alt-Nazis in der Partei, aber das war nicht die Schuld der CDU: Menschen werden nun mal älter.

Die SPD sollte ursprünglich SDP genannt werden. Das stand für Sozialdemokratische Partei. Dem ungelernten Hagener Schriftsetzer, der mit der Gestaltung des Signets der Partei beauftragt wurde, unterlief jedoch in der Eile ein kleiner Buchstabendreher, der aber zum Glück seither niemandem aufgefallen ist.

Früher wurden »die Grünen« wegen ihrer Frisuren ausgelacht. Doch das ist lange her. Mittlerweile werden sie wegen ihrer verratenen Ideale ausgelacht; und wegen ihrer Frisuren.

Altkanzler Helmut Schmidt war nicht nur Parteivorsitzender, sondern sogar mal Bürgermeister von Hamburg. Dort hatte er eine unangekündigte Hochwasserübung durchführen lassen, die gelinde gesagt ein wenig aus dem Ruder lief. Die Hamburger nahmen es mit Humor und verziehen es »ihrem Schmidtchen«.

»Die Grünen« unterteilen sich selbst in zwei Gruppen, in Funghis und Realos. Sie unterscheiden sich in der Körperhygiene.

Während viele Politiker nur über Globalisierung reden, schuf Bob Geldof mit einem Charity-Konzert Tatsachen und brachte die UN dazu, die Globalisierung auf zwei Grad zu begrenzen. Das hört sich erst mal wenig an, ist es aber auch.

Auf seiner legendären Russlandexpedition im Jahre 1829 schlief Alexander von Humboldt mit über dreihundert Frauen.

Kleopatra badete jeden Morgen in einer Tasse heißem Milchkaffee, den ihre Betreuer anschließend auslöffeln mussten.

Die Schlacht von Maroun fand am 14. August 1352 statt und dauerte nur fünf Minuten. Sie wurde wegen schlechter Sicht unterbrochen und bis heute nicht fortgesetzt.

Auf DDR-Spielplätzen gab es keine Wippen, da sie als Sinnbild für oben und unten gesehen wurden. Zudem hatte man keine überschüssigen Autoreifen für die Aufschlagflächen.

Sigmar Gabriel hat in seinem Nachttisch eine handgeschriebene Liste mit Namen von anderen Politikern ohne Nachnamen.

KURZ NOTIERT

Fünf historische Uhrzeiten

5:45 Uhr

11:08 Uhr

11:11 Uhr

23:10 Uhr

04:28 Uhr

Zar Peter der Große war ein begeisterter Konditor. Von dieser Leidenschaft durfte aber niemand im ganzen Reich erfahren, da sich das Zuckerbacken für einen Adligen nicht ziemte. Er hatte eine unterirdische Großküche mit zweiundvierzig Angestellten, die alle mit verbundenen Augen arbeiten mussten, um ihren Maître nicht sehen zu können. Trotz dieser Sicherheitsvorkehrung durften die Angestellten die Küche nie verlassen und wurden nach einem Monat umgebracht.

Platon lebte von 23 v. Chr. bis 32 n. Chr. Er war als Kind schlecht in Mathe, aber gut in Verstecken. So hat jeder seine Fähigkeiten. Er hinterließ drei Frauen in vier Städten. Die Kernaussage seiner Arbeit lässt sich in wenigen Worten zusammenfassen.

Sokrates war der Erfinder der modernen Propädeutik, der Kunst des Andersdenkens. Er lebte in den späten achtziger Jahren eines anderen Jahrhunderts in Athen, war Couchsurfer der ersten Stunde und setzte sich für gerechte Wasserzufuhr ein. Sein Lebensmotto: »Wer draufhaut, haut nicht daneben.« Er beeinflusste zahlreiche Philosophen durch seine Nachlässigkeit. So ging er davon aus, dass die Sonne nicht untergeht, sondern lediglich einen Vorhang zuzieht, wenn sie schläft. Auf seine Mitmenschen wirkte der hagere Junggeselle eher verstörend. Sein Ausspruch »Wer bist du?« gilt als Gründungsepos der griechischen Darkroom-Bewegung.

Alles über alle Staatsformen

Es gibt vier verschiedene Staatsformen. Hier sind sie:

Demokratie
Demokratie ist die Lehre des Volkes. Je mehr Menschen sich versammeln, desto gefährlicher wird das Zusammenleben. Deshalb wird auch oft vom Auswärtigen Amt vor größeren Menschenansammlungen gewarnt. Der Begriff Demokratie kommt vom altgriechischen Damos, das Schwert, und bezieht sich auf das Gewaltmonopol. »Alle Gewalt geht vom Volke aus.« Im alten Griechenland hieß der Spruch auf Lateinisch »Summa cum laude« und gilt seit jeher als Leitsatz der Demokratie. Aber Demokratien haben auch Vorteile: Es gibt zum Beispiel Zebrastreifen, Ampeln und freie Wahlen. Die Demokratie ist daher im Vergleich zu anderen Staatsformen eine gute.

Diktatur
Diktatur kommt vom lateinischen »dicare« (dt.: das Auto) und ist eine sehr launische Staatsform. Die Macht konzentriert sich gebündelt oben an der Spitze des politischen Apparates, wo der Diktator in einem großen schwarzen Ledersessel sitzt. Oft kommt es in einer Diktatur zu unschönen Ereignissen, wie zum Beispiel zu Missverständnissen. In Diktaturen gibt es aber auch viele Vorteile und Annehmlichkeiten. Leider jedoch nur für den Diktator.

>>>

>>>

Kommunismus
Ein altes Sprichwort sagt: Kommunismus kommt von Können. Der Kommunismus war eine Modeerscheinung des vorletzten Jahrhunderts. Sehr eng verwandt mit der Dada-Bewegung aus Zürich. Zu der Zeit hatte man sämtliche Staatsformen ausprobiert, und alle waren gescheitert. Trotzki hat dann im Suff den Kommunismus erfunden. Eigentlich nur für ein Theaterstück. Versehentlich wurde er in einigen Staaten ausprobiert. Zum Leidwesen aller Beteiligten. Fun fact: Kommunismus beginnt mit den Buchstaben K.o.

Monarchie
Der Begriff stammt vom lateinischen »monare« (dt.: Moneten). Die Monarchie ist die prunkvollste aller Staatsformen. Es gibt über tausend Schlafzimmer und auch viele Badezimmer. Und ein Schloss sowie große Feiern zu Ehren der Königsfamilie. Vor dem Schloss gehen Wachen in lustigen Uniformen auf und ab. Aber keine Angst, sie schießen nicht. In Monarchien wird nämlich alles nur aus Spaß gemacht. Nachteile sind nicht bekannt.

Außerdem erhältlich:

- **Anarchie** ist eigentlich keine Staatsform, sondern die wissenschaftliche Bezeichnung für die Angst vor Spinnen. Umgangssprachlich wird damit aber auch der Zustand einer Gesellschaft bezeichnet, in der alle »spinnen«.
- **Aristokratie** bezeichnet die Herrschaft der Katzen.

AUSSCHNEIDEN UND BEHALTEN

Immer wieder fordern Menschen eine Welt ohne Grenzen. Dieses einfach klingende Konzept hat aber einen großen Nachteil: Ohne Grenzen könnte man nicht erkennen, wo ein Land anfängt und wo das andere aufhört.

Bismarck konnte nicht schwimmen, trug keine Unterwäsche und trank nur Apfelsaft. Er putzte sich nie die Zähne, forderte bei Restaurantbesuchen stets einen Bewirtungsbeleg und verlor im Alter von vier Jahren den kleinen Zeh. Er roch nach Himbeeren, liebte die See und durchstach einem Schulfreund versehentlich das Trommelfell. Er frönte dem Glücksspiel, schrieb seitenlange Liebesbriefe an Unbekannte und konnte nicht im Stehen essen. Er besuchte heimlich seinen Geliebten, trug gerne einen roten Seidenschal und schlafwandelte mit Mitte dreißig einmal vierzig Kilometer in unter zwei Stunden. Er vertraute niemandem, lachte gerne und konnte sich jeden namentlich merken, der ihm vorgestellt wurde. Er rauchte Pfeife, liebte Schubert und schmiss nachts gerne Weinflaschen aus dem geschlossenen Fenster. Er sang sich selber in den Schlaf, übte jeden Tag Lacrosse und spielte montags Saxophon in einer Big Band. Er verzockte sich an der Tokioter Börse, benannte einen Hering nach sich und nahm seinen elf Jahre alten Tamagotchi mit ins Grab.

FORSCHUNG UND TECHNIK

AUS DER SICHT VON SCHRÄG HINTEN

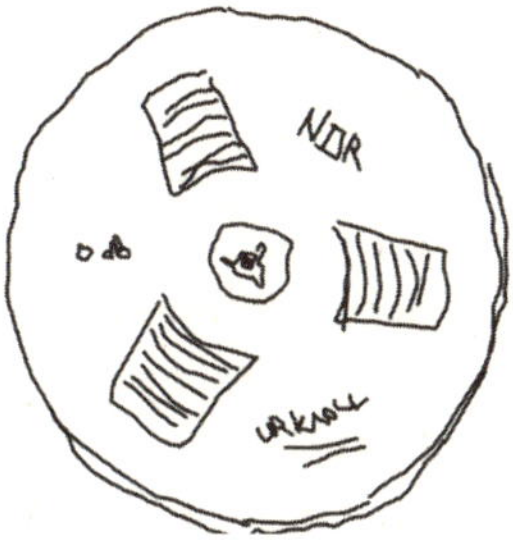

Was wäre die Welt ohne
Forschung und Technik?
Man wüsste es nicht.

Warum ein Faltrad gefaltet wird

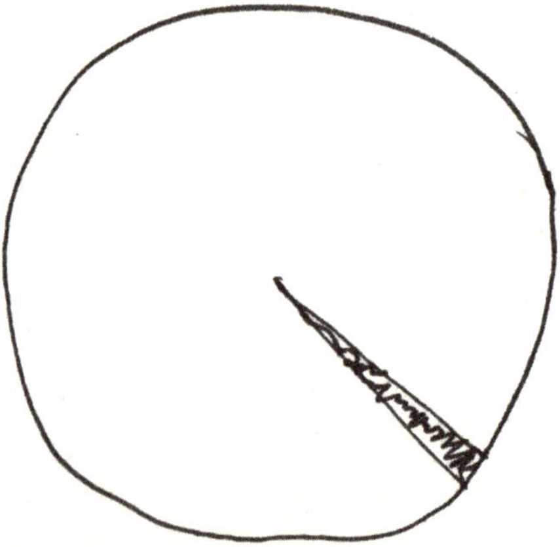

- [x] um es für den Transport kleiner zu machen
- [ ] um anderen zu zeigen, wie einfach es geht

Die Sonne geht nicht unter, keine Panik. Sie dreht sich nur einmal um die Erde und kommt auf der anderen Seite wieder raus.

Der Urknall fand in der Nähe des heutigen Osnabrück statt. Es existiert nur eine einzige Tonaufnahme, die im Schall-Archiv des NDR liegt, in dessen Zuständigkeitsbereich die Stadt damals lag.

Schaltjahre gibt es, weil es sonst irgendwann ein Jahr zu wenig gäbe.

Wind entsteht, wenn die Erde gebremst oder beschleunigt wird. Bei Vollbremsungen (z. B. wegen Meteoriten) entstehen Orkane mit einer Stärke von bis zu neun.

Bei Gewittern regnet es meistens vorher, damit die Sachen, in die ein Blitz einschlägt, nicht so leicht brennen.

In den Anfangsjahren der Erde war die Erdkrümmung stärker als heute. Damals waren daher die rechten Beine der Tiere etwas länger.

Der Nutzen der Sommerzeit ist umstritten. Der einzig bekannte Vorteil ist, dass die Uhren im Auto und am Herd wieder für ein halbes Jahr richtig gehen.

Peinlich: Der letzte Quantensprung in der Wissenschaft war die Entdeckung des Quantensprungs.

Das Gas, das beim Fracking gewonnen wird, ist kein herkömmliches Erdgas. Es sind vielmehr Reste aus alten Haarspraydosen, die Bon Jovi in den achtziger Jahren auf seinen Welttourneen aus dem Tourbus schmiss. Im Laufe der Jahrzehnte legten sich immer weitere Erdschichten über die FCKW-haltigen Dosen. Beim Fracking dringt man nun mit langen, dünnen Bohrern in die Erde ein, bis man auf eine alte Dose trifft. Diese wird angebohrt, und das Gas strömt durch das Bohrloch an die Erdoberfläche, wo es in Energiesparlampen gefüllt wird.

Die erste Zeitreise fand im Jahr 2189 statt.

Die Zeit liegt leicht gekrümmt im Raum. Am besten kann man das beobachten, wenn man die Augen leicht zusammenkneift, in die Sterne guckt und vorher ein paar Gläser Whisky trinkt.

Bei vier Grad Celsius hat Feuer die höchste Dichte. Deshalb brennt es da nicht.

Licht besteht aus ganz kleinen Kügelchen, die – einmal angestoßen – ihre Richtung nicht mehr ändern können. Aufgehalten werden können sie nur durch den Aufprall auf die Erdoberfläche. Hier entsteht Reibung, die in Temperatur umgewandelt wird. Je mehr Lichtkugeln, desto höher die Temperatur.

Die Maßeinheit Kilometer stammt aus dem alten Ägypten und bezeichnet die Strecke, die ein erwachsener Mann zurücklegen muss, um ein Kilo abzunehmen.

Auf die Idee des »survival of the fittest« kam Evolutionsentdecker Charles Darwin, als er im Urlaub auf den Galapagosinseln zwei verschiedene Finken sah. Der eine war schwarzbraun gefiedert, der andere lag neben den Kartoffeln auf seinem Teller.

Der Legende nach heißen Indianer deshalb Indianer, weil Kolumbus dachte, er habe den Seeweg nach Indien entdeckt. Die Geschichte stimmt aber nicht. Sonst hätte Kolumbus sie ja Inder genannt.

Die genialsten Erfindungen

Erfindungen

Erfindungen wurden erst 1772 von Immanuel Kant erfunden. Davor galt es als Frevel, Gottes vorbestimmte Wege durch menschliches Streben in Frage zu stellen. Ältere Erfindungen sind streng genommen nur Entdeckungen. Zum Beispiel wurde das Rad nicht erfunden, sondern einfach von einem rollenden Baumstamm abgeschaut.

Zeitzonen

Die verschiedenen Zeitzonen, die man in Hotellobbys hinter dem Rezeptionstisch erkennen kann, sind eine Erfindung der großen Fluggesellschaften. Um das Fliegen attraktiver zu machen, wollte man in den siebziger Jahren die Flugzeiten verkürzen, wozu man einfach im Zielort die Uhrzeit ein bisschen schönte. Dieser Trick verkürzte aber nicht nur die Flugzeiten, sondern gab Vielfliegern auch eine herrliche Ausrede für alle Gelegenheiten: Sorry, der Jetlag.

Fenster

Der Erfinder des Fensters wollte ursprünglich das Telefon erfinden. Der tschechische Ingenieur Milan Stechwesjki saß wochenlang in seinem Zimmer und dachte nach, wie die Idee des Fernsprechens verwirklicht werden könnte. Da ihm währenddessen wegen der Löcher in den Wänden immer kalt war, erfand er das Fenster. Es sollte seine einzige Erfindung bleiben.

>>>

>>>

Trinkhalme
Wie die meisten guten Erfindungen sind auch Trinkhalme dem US-Militär zu verdanken. Die geringelten Plastikröhrchen sollten auf Flugzeugträgern die Besatzung bei Laune halten.

Stuhl und Tisch
Stuhl und Tisch wurden auf zwei benachbarten Inseln in Mikronesien unabhängig voneinander erfunden. Ganze zwei Jahre lang wusste man dort nichts von der Existenz des jeweils anderen Möbelstücks. Auf der einen Insel saßen die Menschen auf Stühlen und aßen stark gebeugt vom Boden, auf der anderen Insel saß man auf dem Boden und musste sich zum Tisch hochstrecken. Entsprechend groß war die Freude, als eine Delegation der Stuhlinsel die Tischinsel besuchte. Seither wird an diesem Tag die Tallibuli-Feier abgehalten, was frei übersetzt »Fest der vielen Beine« bedeutet.

Nicki-Stoff
Der nicht nur bei Kindern beliebte Nicki-Stoff wurde von einem französischen Pfirsichbauern erfunden.

Armheben als Begrüßung
Das Armheben als Begrüßung wurde erst 1917 auf der griechischen Insel Nishos von zwei findigen Finanzbeamten erfunden. Auf der Insel bezogen 40 Prozent der Männer die »issos poruki«, eine Art Blindenrente. Mit der schnellen Aufwärtsbewegung des rechten Arms sollte beim Gegenüber getestet werden, ob die Blindheit echt oder nur vorgetäuscht war.

>>>

Buchdruck
Gutenberg wollte eigentlich einen eReader erfinden, fand es aber doof, im Urlaub mehr als 3000 Bücher dabeizuhaben. Deshalb hat er sich ein Konzept ausgedacht, wie man höchstens drei bis vier Bücher mitnehmen kann. So kam er auf den Buchdruck.

Norwegerpullover
Norwegerpullover sind eine Erfindung einer New Yorker Marketingagentur. Der Auftrag dazu kam von der norwegischen Tourismusbehörde, die ein wiedererkennbares, freundliches Markenzeichen für das Land suchte. Vorher war Norwegen nur für Walfang bekannt. Die Kampagne funktionierte im Ausland, aber von den Norwegern wird das Kleidungsstück bis heute belächelt.

Purzelbaum
Der Purzelbaum wurde mehr oder weniger zufällig von einem schottischen Schuljungen erfunden. Der damals 11-jährige Larry McCarrey wurde geschubst, als er gerade zur Umkleidekabine gehen wollte. Der Rest ist Geschichte.

Weinglas
Die Genialität, die hinter so manch vermeintlich simpler Erfindung steckt, wird oft übersehen. Vor allem, wenn es sich um Gegenstände handelt, die man zigmal täglich benutzt. Bestes Beispiel: das Weinglas. Ein einfacher Versuch veranschaulicht die Tragweite dieser Erfindung des französischen Glasbläsers Jacques Jacques wunderbar: Nehmen Sie eine Flasche Roten und gießen Sie ein gutes

»»

Viertel in das Weinglas vor Ihnen. Jetzt wiederholen Sie das Ganze, aber lassen das Glas weg. Huch! Sehen Sie?

Steckdose

Smartphone, Computer, Zahnbürste: Alles ist elektrisch. Bald sollen auch noch Autos, E-Bikes und Windkrafträder mit Strom betrieben werden. Doch das sind alles nicht die Erfindungen, die ein modernes, umweltfreundliches Leben ermöglichen, sondern: die Steckdosen, die der ungarische Hausmeister Pjotr Eimar erfand. Man stelle sich vor, man müsste jedes Mal, wenn der Akku leer ist, sein Smartphone mittels Lüsterklemmen mit einem Kabel verbinden, das unter Strom steht und aus der Wand guckt. Undenkbar und lebensgefährlich. Also: Steckdosen sind die Erfindung der Neuzeit.

Welt

Die Welt ist eine der bedeutendsten Erfindungen der Welt. Gott, ihr Erfinder, bestand damals selbst nur aus einem negativ geladenen Anion und einer Menge Zeit. Trotzdem entwickelte er das Konzept der Welt in nur einer halben Stunde. Alles, was ihm zur Verfügung stand, war ein Atom Antimaterie und viel Platz. Gott spaltete den Atomkern mittels Willenskraft, woraufhin dieser implodierte und der so entstandene Druck sich exponential im neugeschaffenen Orbit entlud Schwarze Materie entstand und dehnte sich innerhalb der nächsten sieben Tage aus, bis das Universum so war, wie wir es heute kennen. Das Spannende an der Erfindung war, dass Gott nur einen einzigen Versuch hatte. Leider ging er gründlich daneben.

AUSSCHNEIDEN UND BEHALTEN

Ebenfalls durch den Klimawandel vom Aussterben bedroht: der Inselwitz

Würde man alle Kreuzfahrtschiffe aus den Ozeanen nehmen, sänke der Meeresspiegel um etwa zwei Meter.

Wasser ist das einzige Element, das bei vier Grad Celsius seine höchste Dichte erreicht, deshalb kann man in kaltem Wasser keine Eier kochen.

Mit so einem durchschlagenden Erfolg hatte Mathematiker Carl Friedrich Gauß gar nicht gerechnet.

In der ersten E-Mail, die jemals verschickt wurde, gab es einen peinlichen Schreibfehler. Statt »This is a test« stand in der Mail »This is my penis«. Ein Ausdruck dieser Mail hängt heute gerahmt im Internetmuseum im kalifornischen Sacramento. Allerdings mit der leeren Seite nach vorne.

Das Phänomen der Zeit entdeckte Eugen Tissot, ein Schweizer Handwerksgeselle, mit einem simplen Experiment: Er hielt ein Holzscheit so lange in der ausgestreckten Hand, bis er nicht mehr konnte. Da das Holzscheit sein Gewicht nicht veränderte, musste das Ermüden seines Armes also der Zeit geschuldet sein. Er machte sich diese Entdeckung zu eigen und erfand, gewissermaßen als Hommage an sein Experiment, die Armbanduhr. Fun fact: Hätte er den Versuch mit den Beinen gemacht, trügen wir heute Beinbanduhren.

Der letzte VW-Käfer, der in Mexiko vom Band lief, rollte ungebremst gegen eine Hebebühne und war danach zu nichts mehr zu gebrauchen.

Wenn man einen Bindfaden von der Erde bis zur Sonne spannen würde, würde er verbrennen.

Sonnenenergie als »erneuerbar« zu bezeichnen ist gewagt. Wer soll denn die Sonne erneuern, wenn sie in circa vier Milliarden Jahren implodiert?

In der Sprache der Kurinao-Indianer haben die Wörter für Wasser und Leben fast gleich viele Silben.

RELIGION UND MYSTERY

AUS DER SICHT VON SCHRÄG HINTEN

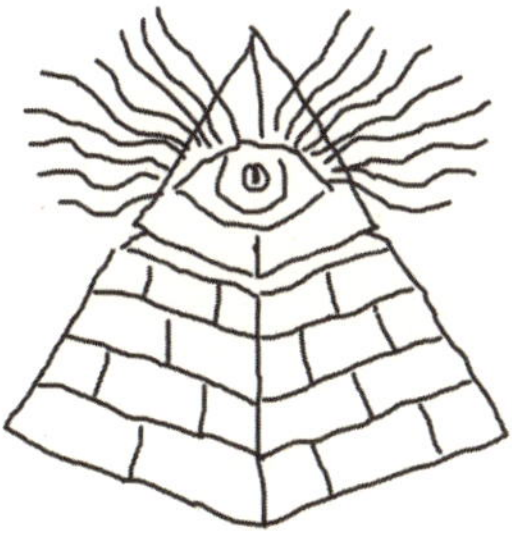

»Religion ist das Podium fürs Volk.«
Richard Marx

Das Krippenspiel fand nur ein einziges Mal in Originalbesetzung statt.

Die mysteriösen Riesensteinköpfe auf den Osterinseln blicken genau in Richtung Stonehenge, England. Wissenschaftlich ist das nicht erklärbar, da die Erbauer ja damals gar nicht wussten, dass die Erde rund ist.

An der Staatsoper in Mailand gibt es hinter der Bühne einen Raum, in dem noch nie jemand war.

Jesus schrieb die gesamte Bibel in vier aufeinanderfolgenden Nächten.

In einem Wald bei Krakau gibt es eine Lichtung, die jeden, der sie sieht, zum Weinen bringt. Keiner weiß, warum.

Masern wurden von der CIA entwickelt, um Impfgegner auszurotten.

Dic Pyramiden in Mexiko wussten bei ihrer Entstehung nichts von ihren Namensvettern in Ägypten. Umso größer war die Überraschung, als Galileo Galilei ihnen ein Foto zeigte, auf dem der Taj Mahal zu sehen war.

Der Grundriss von Sherlock Holmes' Wohnung in der Baker Street 221B entsprach exakt dem Stadtplan von London. So konnte der findige Detektiv zu Hause alle Verbrechen maßstabgetreu nachstellen.

Wenn man die drei deutschen Standorte der Scientology-Kirche miteinander verbindet, erkennt man aus der Luft ein Pentagramm.

Wenn jemand im Wald von einem Baum fällt, aber keiner hört es, ist er dann wirklich gefallen?

In der Area 51 wohnt ein Alien, den die US-Regierung seit den fünfziger Jahren geheim hält. Es ist Bill Cosby.

Videotext ist das Einzige, was einen globalen Atomkrieg überleben würde.

Der Mount Everest ist in Wirklichkeit nur achthundert Meter hoch, aus Pappmaché und eine Erfindung von Disney India. Die tragischen Unfälle zeigen, wozu die menschliche Einbildungskraft imstande ist.

Auf Fußballplätzen, die nach Mekka ausgerichtet sind, fallen weniger Tore.

In der Bibel kommt das Wort Wasser häufiger vor als das Wort Gott.

Die ersten beiden Takte der Wagner-Oper Parsifal entsprechen genau dem Sternbild des Orion. Das Unheimliche daran ist: Der Komponist wusste nichts davon.

In Marilyn Monroes Kalender stand am Tag der Ermordung von JFK ein kleines Kreuz, das niemand erklären kann.

Die alten Inkas glaubten an den Sonnengott Ra. Sehr peinlich, wenn man bedenkt, dass die Sonne ja kein Gott ist, sondern ein Stern, der vorwiegend aus Wasserstoff besteht.

US-Rapper Jay-Z ist Mitglied der Illuminaten. Zunächst galt es nur als Gerücht, aber mittlerweile steht es sogar im Internet.

WISSEN ZUM MITNEHMEN

Alles über den historischen Jesus

1: Jesus hat zum Geburtstag und zu Weihnachten immer nur ein Geschenk gekriegt.

2: Die *U4* – die kinderärztliche Untersuchung in der vierten Lebenswoche – war sehr erfolgreich. Der Kinderarzt hatte danach keine Schmerzen mehr im Knie.

3: Im Kindergarten spielte Jesus beim Krippenspiel immer den Esel.

4: In der Schule steckte Jesus den Mädchen gerne kleine Zettel zu, auf denen stand: Jesus liebt dich.

5: Obwohl nie eine mit Jesus schlief, hatten die Mädchen aus seiner Klasse immer Angst, schwanger zu werden.

6: Mit 15 besuchte Jesus einen Psychiater, der diagnostizierte einen Messiaskomplex.

7: Jesus konnte nicht schwimmen.

8: Jesus hatte Humor! Wenn er Probleme mit seinem Vater hatte, ging er zu Maria und sagte: »Ich möchte mit dir über Gott reden.«

9: Die Speisung der 5000 war eigentlich eine Speisung der 4999. Jesus selbst hatte keinen Hunger.

10: Jesus war Bluter. Gestorben wäre er aber trotzdem.

AUSSCHNEIDEN UND BEHALTEN

Die einzigen Tiere mit einem Glauben sind Wellensittiche. Sie glauben an nichts.

Die Aborigines in Australien verfügen über keine Religion. Stattdessen glauben sie an den großen Geist. Er ist vier Meter hoch und wohnt in einem Sandhügel.

Alle Darsteller aus Fritz Langs monumentalem Stummfilmklassiker »Metropolis« sind nach den Dreharbeiten gestorben.

Die Teilnehmer der geheimnisvollen Bilderberg-Konferenz erhalten ein kostenloses Daunenkissen beim Kauf eines anderen Produktes im Werte von mindestens einhundert Euro.

Unter den Büroräumen der Bhagwan-Bewegung in München gibt es einen Parkplatz für Angela Merkel. Sie hat ihn aber noch nie genutzt.

Während Obamas gesamter zweiter Amtszeit wurden weltweit keine neuen Kornkreise gesichtet.

Gott schuf sechzig Prozent der Menschen als Atheisten. Warum, weiß Gott allein.

Die Germanen dachten, es bringe Unglück, wenn man unter einer Brücke durchginge. Religionswissenschaftler halten das für eine faule Ausrede, mit der sich die Germanen davor drückten, Brücken bauen zu müssen.

Schon ein bisschen mysteriös: In den Geburtsdaten aller amerikanischen Präsidenten tauchen immer wieder die Ziffern 1, 3 und 7 auf. Sowie die 4, die 5 und die 9.

KURZ NOTIERT

Fünf mysteriöse Phänomene, die die Wissenschaft nicht erklären kann

- Toastbrot landet immer auf der Seite
- Wasser ist auf Fotos blau, aber im Glas unsichtbar
- Man kann nicht gleichzeitig niesen und zählen
- Nickelback
- Fingernägel sind aus totem Material, aber wenn man sie rauszieht, tut es weh

Google ist das einzige Wort, in dem jeder Buchstabe eine andere Farbe hat.

Unter der Allianz-Arena in München befindet sich eine geheime Bunkeranlage, in der 650 Personen sechs Monate ohne Kontakt zur Außenwelt überleben könnten. Zu den Auserwählten, die im Notfall Einlass fänden, zählen der Vereinsvorstand des FC Bayern München sowie alle aktiven und zahlreiche ehemalige Profispieler. Man erkennt die Zutrittsberechtigten an einem tätowierten Punkt auf dem Handrücken zwischen Daumen und Ringfinger.

Chemtrails sind in Wirklichkeit unsichtbar. Die Kondensstreifen sind nur Ablenkung.

Wenn man in Spanien in den Spiegel schaut und den Teufel dreimal hintereinander anruft, geht er ran.

Im Neuen Testament mussten alle Namen der Jünger geändert werden. Ein strenges Persönlichkeitsschutzrecht in Palästina war der Grund dafür. Mittlerweile sind die Rechte ausgelaufen, und man könnte die echten Namen einsetzen; aber an die erinnert sich keiner mehr.

Dass man am siebten Tage ruhen soll,
sagen einem ausgerechnet die,
die jeden Sonntag arbeiten.

Zufall oder Wirklichkeit? Obwohl die Wahrscheinlichkeit dafür minimal ist, befinden sich alle sieben Weltwunder auf der Erde.

Am 11. September 2001 flogen angeblich Flugzeuge in die Twin Towers in New York City. Hierbei handelt es sich jedoch um einen Hoax. Denn komischerweise wurde am selben Tag vorher in Haus 7 noch die Klingelanlage repariert. Und jeder weiß doch, dass davon wohl kaum ein Haus aus Stahl und Beton umkippen kann. Oder?

Hinduismus und Buddhismus sind zwei Wörter für dieselbe Reiligion. Es stecken lediglich zwei unterschiedliche Glauben und Weltanschauungen dahinter.

Wenn Jesus heute gestorben wäre, wäre es wahrscheinlich gar nicht so krass aufgefallen.

Im Hinduismus ist nicht ein Gott, sondern eine Kuh heilig. Deshalb darf man sie nicht essen. Deshalb füttert sie auch keiner. Deshalb ist sie voll abgemagert und wartet an einer vielbefahrenen Straße auf ihr nächstes Leben als Henna-Tattoo.

WISSEN ZUM MITNEHMEN

Alles über die griechische Mythologie

Zeus

Zeus war halb Stier und halb Gott. Er hatte fünf Geschwister: Hera, Hades, Hestia, Poseidon und Dieter, zu denen er aber kaum Kontakt hatte. Für einen Halbgott wuchs er in relativ einfachen Verhältnissen auf.

Sophokles

Sophokles musste jeden Tag einen Feuerball nach Canossa tragen. Immer und immer wieder. Und kaum war er dort angekommen, hatte er Brandblasen.

Aphrodite

Aphrodite, die Göttin der Schönheit, sah im Spiegel die Schlange Medusa und fragte sie: »Wer ist die Schönste im ganzen Land?« Doch ihre Eitelkeit wurde umgehend betraft: Das Schiff, auf dem Homer gerade an ihr vorbeisegelte, zerschellte an der Klippe. Trotz Warnung durch eine Sirene konnte sich Aphrodite nicht mehr retten und versank im Tiber.

Hermes

Hermes, der Bruder von Amor, wurde in einem Weidenkörbchen im heutigen Alexandria angespült. In Wirklichkeit war es aber Atlantis, die sagenumwobene Insel im Mittelmeer. Dort wurde er von den Wölfen Romulus und Brutus aufgezogen.

Die Odyssee

Würde man Homers Odyssee heutzutage nachreisen,

>>>

»»

lägen die Kosten pro Person zwischen 6.000 und 18.000 US-Dollar – je nach Anbieter.

Poseidon
Poseidon ist der Gott des Donners.

Orakel von Delphi
An der Stelle, wo sich einst das Orakel von Delphi befand, steht jetzt ein Wettbüro.

Die Zentauren
Die Zentauren galten steuerrechtlich als Menschen, im Straßenverkehr jedoch als Pferdewagen.

Sphinx
Die Sphinx war bekannt für die schwierigen Rätsel, die sie ihren Gegenübern unter Androhung des Todes aufgab. Was keiner ahnte: Sie wusste die Antworten meist selber nicht.

Katzen
Die griechischen Götter werden heutzutage nicht mehr gebraucht, weil die Menschen an den richtigen Gott glauben. Ihre Seelen leben aber weiter, und zwar in den Körpern griechischer Straßenkatzen. So bleibt ihnen das Beste beider Welten: die Geschmeidigkeit und Anmut eines Gottes und die sieben Leben einer Katze.

Olymp
Auf dem Olymp gab es nur eine Toilette für alle Götter.

AUSSCHNEIDEN UND BEHALTEN

Die sieben Tage, an denen Gott die Erde geschaffen hat, begannen entgegen landläufiger Vorstellung an einem Dienstag.

Den Orden der Tempelritter gibt es wirklich. Wenn man einen Dollarschein schräg ins Licht hält, erkennt man es deutlich.

Wahrscheinlich gab es John F. Kennedy zweimal. Der Beweis: Man sah nie beide zusammen auf einem Foto.

Die Juden sind ein Volk, aber auch eine Religion. Wegen dieser Ambivalenz haben sie zwei Kühlschränke: einen für Milchprodukte, den anderen für Kaltgetränke.

Die Apple-AGB sind länger als der Koran. Und viel strenger.

DIES UND DAS

AUS DER SICHT VON SCHRÄG HINTEN

Für Astronauten
ist jeder Tag
Alltag.

Golfbälle, so groß wie Hagelkörner.

Der erste Blumenstrauß der Welt bestand aus zwölf Margeriten und wurde in Mesopotamien einer älteren Dame als Dankeschön für ihre ehrenamtliche Tätigkeit überreicht. Sie war fünfundvierzig Jahre lang Kassiererin bei öffentlichen Steinigungen.

In der Nähe von schwarzen Löchern ist Wildcampen erlaubt, aber gefährlich.

Verträge, die man im Traum abschließt, sind innerhalb der nächsten vierzehn Tage grundlos kündbar.

Krankenschwestern verbinden Menschen.

Vorsicht! Das Geld, das man sich an der REWE-Kasse kostenlos auszahlen lassen kann, wird später vom eigenen Konto wieder abgebucht.

Die Kohlenflöze im Ruhrgebiet wurden durch einen Zufall von einem Bochumer Bauern entdeckt, der an einem kalten Wintertag mit seinem Kanarienvogel durch einen der zahlreichen dortigen Stollen spazierte.

Bis 1997 musste jeder Handel an der Tokioter Börse mit je zwei Verbeugungen von Verkäufer und Käufer bestätigt werden. Seit der Umstellung auf den viel schnelleren digitalen Handel waren die Händler körperlich nicht mehr in der Lage dazu. Viele litten an verkrümmten Rücken, Schleudertraumata oder kippten einfach um. Mittlerweile reicht ein doppeltes Augenzwinkern als Zeichen des Geschäftsabschlusses.

Jeans halten viel länger, wenn man sie im Schrank liegen lässt.

Klavier und Kaviar sehen ähnlich aus, klingen aber sehr unterschiedlich.

Beim sogenannten »Jiddlyng«, einem Spiel, das nur im schottischen Minglemint bekannt ist, müssen Joghurtbecher über eine offene Stromleitung geworfen werden, die in 40 Metern Höhe hängt. Schafft man es, darf man den Joghurt essen, schafft man es nicht, wird man geschoren.

Das englische »th« wurde 1612 von King Arthur (sic!) eingeführt.

Der älteste McDonald's befindet sich nicht etwa in den USA, sondern im schottischen Alston in der Nähe von Edinburgh. John McDonald ist 105 Jahre alt.

Augen auf bei der Berufswahl: Polizeihunde verdienen mehr als Blindenhunde.

Die Redewendung »Wer ist tot?« als Ausdruck dafür, etwas akkustisch nicht verstanden zu haben, geht auf Theodore Zink zurück. Die Bestatterin aus Wesel konnte in ihren letzten Berufsjahren kaum noch hören.

KURZ NOTIERT

Fünf gute Tipps für Wohnungsbesichtigungen

- Dem Makler auch einen Döner mitbringen
- Den Makler nach Geld fragen
- Vor dem Betreten der Wohnung sein Klingelschild anbringen
- Schon mal die Eimer mit dem Schlangenfutter ins Wohnzimmer stellen
- Das Badezimmer besichtigen und zehn Minuten später nach Klopapier rufen

Wenn man sich alle Rentner
als untergetauchte Ex-RAF-Mitglieder vorstellt,
ist der Alltag gleich viel lustiger.

Im niederösterreichischen Hochberg bekommt jeder Haushalt alle vier Jahre ein neues Fernsehgerät geschenkt. Warum und woher diese oft teuren Geräte kommen, weiß kein Mensch.

Chantal ist französisch und heißt »schon toll«.

Die Möbel in Ikea-Restaurants sind nicht von Ikea. Wer sollte die alle aufbauen?

LSD ist krass, da redest du mit Gummibärchen, aber am nächsten Tag merkst du, dass es in Wirklichkeit eine halbe Gurke war.

Die Schmerzen der Patienten bereiten Zahnärzten keine Freude. Sie sind ihnen egal.

Die erste Zugfahrt auf dem amerikanischen Kontinent dauerte drei Stunden. Ganz schön lange, wenn man bedenkt, dass die zurückgelegte Strecke nur vier Meter betrug. Ein Ticket kostete damals übrigens vier Dollar, umgerechnet 200.000 Yen.

Die »Gesellschaft zur Erhaltung, Anerkennung und Förderung von Abkürzungen in der deutschen Schriftsprache« nennt sich schlicht »G«.

Die Zugführer in den ICEs der Deutschen Bahn erkennt man an der roten Unterwäsche.

Schade, dass die Dinosaurier den großen Hype um sie nicht mehr miterleben konnten. Bestimmt hätten sie auf den roten Teppichen der Welt eine gute Figur gemacht.

KURZ NOTIERT

Fünf ganz einfache Tricks im Haushalt

- Stecker ziehen
- In Essig einlegen
- Ein Löffel Zitronensaft
- Abschrecken
- In Küchentüchern auf die Heizung legen
- (irgendwas mit Motorsäge, leider vergessen)

24 Jahre lang, nämlich vom 1.1.1937 bis zum 21.3.1968, schaltete der Texaner Bill Freihouse täglich eine halbseitige Anzeige in der New York Times, in der er seiner Haushälterin Teresa mitteilte, wie er sein Frühstücksei wünschte. Seine Bestellungen reichten vom klassischen Dreieinhalb-Minuten-Ei bis zum gebügelten Weintraubenomelett. Was er nicht wusste: Teresa konnte nicht lesen. Geschmeckt hat es ihm trotzdem.

Viele Hausmeister werden erst durch ihren Job so übellaunig.

Die österreichische Flagge kam auf etwas unkonventionellem Wege zustande. Der Fahnendesigner hatte seinen Prototyp bei der Präsentation vergessen und nahm stattdessen einfach ein Stück Absperrband von einer nahe gelegenen Baustelle mit.

Die meisten Dinge sind schwerer, als man denkt.

Der 21. Juni ist der längste Tag des Jahres. Mit einer Länge von 1246 Metern ist er genau zwölf Meter länger als die finnische Nationalhymne und damit einzigartig auf der Welt.

Alles über Sport

Sport ist neben Beruf und Hobby die wichtigste Betätigung des modernen Menschen. Man unterscheidet zwischen Volkssport und Breitensport. Volkssport ist ohne Eintritt und Breitensport ohne Publikum.

Der Sport kann auf eine lange Geschichte zurückblicken. Schon die alten Griechen wussten um die Bedeutung der Leibesübungen und erfanden den Speerwurf, die Rumpfbeuge und den Halbmarathon.

Das Wort »Sport« kommt vom altgriechischen »spartus« (dt.: die Schweißdrüse). Und sogar die Olympischen Spiele, die Mutter aller Wettkämpfe, wurden auf der hellenischen Halbinsel erfunden.

Spiel des Zieles ist es, je nach Sportart irgendwo als Erster anzukommen, irgendwas irgendwo reinzuwummern oder hinzuwerfen.

Der Höhepunkt jedes Sports ist der Wettkampf. Hier muss man die Grenzen des Möglichen überwinden. Die Regeln müssen natürlich eingehalten werden, aber keine Panik, dafür sorgt der Schiedsrichter.

Schon kurz vor dem Wettkampf empfiehlt es sich, absolute Konzentration an den Tag zu legen und jegliche Ablenkung wie Freunde treffen oder essen gehen zu vermeiden.

›››

>>>

Gute Sportler machen auch an trainingsfreien Tagen ein bisschen Kondition und Kraft. Schnellkraft ist auch wichtig, sollte aber nur in Begleitung trainiert werden, am besten mit so einem Gummiseil, wo einer versucht wegzulaufen und der andere festhält.

Für Mannschaftssportler gilt der Leitsatz: Du bist das schwächste Glied einer Kette.

Das A und O eines jeden Sports ist das Warmmachen. Früher reichten lockeres Warmlaufen und eine Zigarette, aber Experten von der Universität Freiburg fanden heraus, dass Dehnübungen erfolgversprechender sind.

Kurioses rund um den Sport:

Das erste Elfmeterschießen bei einer Fußballweltmeisterschaft endete unentschieden.

In den späten neunziger Jahren plante der Herzogenauracher Sportartikelhersteller *adidas* eine Linie für übergewichtige Sportler. Das Projekt trug den Arbeitstitel »adiposidas«.

Sogar Schach zählt als Sportart. Aber nur aufgrund eines Übersetzungsfehlers. Es lag an den Läufern.

AUSSCHNEIDEN UND BEHALTEN

»Martial Arzt«

Die Türgriffe im Elefantenhaus des Duisburger Zoos sind aus Elfenbein geschnitzt.

Kinderärzte sind in Wirklichkeit erwachsene Ärzte.

Wie der Name schon sagt, wird das Festnetz hauptsächlich Weihnachten genutzt.

Von den meisten der über 300 Millionen Nägeln, die sich in deutschen Haushalten befinden, sieht man nur einen Bruchteil.

Das Internet ist genau wie das Fernsehen: Es macht dumme Leute dümmer und kluge Leute dümmer.

Viele Hipsterbärte verdecken ein Doppelkinn, von dem sein Träger noch gar nichts weiß.

Der Deutsche Zukunftspreis kann mittlerweile auf eine lange Vergangenheit zurückblicken.

Blut ist dicker als Adern.

Fernfahrer Manfred Rudolf aus Esslingen hat in zwanzig Berufsjahren schon vierundzwanzigmal seinen Führerschein verloren. In den meisten Fällen fand ihn seine Frau noch am selben Tag wieder.

Arbeit ist da, wo Urlaub Urlaub macht.

Alle drei Wochen verliebt sich ein Inuit online.

Wenn einem früher das Telefon ins Klo gefallen ist, konnte man es am Kabel wieder rausziehen und weitertelefonieren.

Überraschung ist, wenn ein Satz

WISSEN ZUM MITNEHMEN

NEUN LETZTE FRAGEN

Gibt es etwas Schöneres als rhetorische Fragen?

Was ist der Plural von Mehrzahl?

Warum stehen in Buchhandlungen die Bücher über Rohkost unter »Kochen«?

Ist Magersucht eine schwere Krankheit?

Wenn jemand nie aufhört zu rauchen – lebt er dann ewig?

Muss man Geschenke für Blinde auch einpacken?

Wenn nächsten Sonntag Bundestagswahl wäre – welcher Tag wär dann heute?

Müssen in Gefängnissen eigentlich auch solche Fluchtwegpläne hängen?

Was ist die neunte Frage?

AUSSCHNEIDEN UND BEHALTEN

NACHWORT ODER: EIGENTLICH WOLLTE ICH BUSFAHRER WERDEN

Oh, jetzt sind ja schon alle Seiten voll. Das kommt etwas überraschend für mich. Für Sie ja vielleicht auch. Wobei Sie es natürlich besser haben. Sie können das Buch ja einfach nochmal lesen. Ich kann es nicht so einfach nochmal schreiben. Der Verlag scharrt nämlich schon mit den Hufen, denn morgen früh soll's in den Druck. Daher kommt wohl der Begriff »Druck machen«. Haha.

Jetzt muss ich noch schnell meinen berühmtesten Bekannten mailen, um sie zu fragen, ob sie mir Zitate für die Rückseite schreiben. Sie können ja auf dem Umschlag nachschauen, ob oder wer geantwortet hat.

Kommen Sie doch mal vorbei, wenn ich mit meinem Soloprogramm in Ihrer Nähe bin. Dann können Sie mich fragen, wie ich humoristischer Autor geworden bin. Oder warten Sie! Ich erzähle es Ihnen jetzt schon:

Ich bin bei meiner Berufswahl nach dem sogenannten Ausschlussverfahren vorgegangen. Ich habe mir erst mal alle Berufe angeschaut, die es gibt. Aber an den meisten war irgendetwas komisch. Und das war so ...

Eigentlich wollte ich Busfahrer werden ...

.... aber ich mag's nicht, wenn Leute hinter meinem Rücken reden.

Dann wollte ich Extrembergsteiger werden ...

... aber da waren mir die Aufstiegschancen zu gering.

Dann wollte ich Detektiv werden ...

... aber ich habe die Nummer der Privatdetektivschule nicht rausgefunden.

Dann wollte ich Kommissar werden ...

... aber ich werde nicht gerne sonntagabends an meinen Beruf erinnert. Schon gar nicht von Til Schweiger!

Dann wollte ich Rettungsassistent werden ...

... aber ich finde besser, wenn Leute lernen,
sich selbst zu helfen.

Dann wollte ich Arzt werden ...

... aber mir steht kein Weiß.

Dann wollte ich Änderungsschneider werden ...

... aber ich habe Angst vor Veränderung
und verlier' immer den Faden.

Dann wollte ich Bänker ... ach nee ...

... Politiker? Nee.

Eigentlich wollte ich Priester werden ...

... aber als ich endlich Abi hatte,
war Gott schon tot.

DANKE.